TASMANIA
PAOLO GIORDANO

塔 斯 马 尼 亚

［意］保罗·乔尔达诺 著

魏怡 译

上海译文出版社

你是否同意,时代已经改变?

明亮的眼睛乐队,《顺风耳(杀戮或是被杀)》

目 录

第一部分
假如世界末日来临…………………… *1*

第二部分
云……………………………………… *125*

第三部分
辐射…………………………………… *251*

致谢…………………………………… *269*

第一部分

假如世界末日来临……

二〇一五年十一月，我刚巧在巴黎参加联合国气候变化大会。说刚巧在巴黎，并不意味着身不由己：恰恰相反，我对环境问题已经痴迷了一段时间。即使不是准备参会，我也可能会找另外一个理由离开，沉浸在一场武装冲突、一次人类危机、一种与个人的忧虑有别且更大的关切当中。或许这就是我们中某些人对于迫在眉睫的灾难的执念，错把对悲剧的偏爱当成高贵，我认为这种偏爱构成了这个故事的中心：需要在已经非常复杂的每一步人生之路上，找到某种更加复杂、紧急和具有威胁性的东西，从而淡化个人的痛苦。然而，所有这一切或许与高贵毫不相干。

那是一个奇怪的时期。三年间，我和妻子多次尝试怀上一个孩子，也忍受了越来越屈辱的医疗手段。或者更确切地说，主要是她在忍受，而从我的角度来讲，从某个时刻开始，就仅仅扮演着沮丧的旁观者。尽管我们盲目地坚持，而且投入了一笔可观的资金，还是未能实现计划。无论是促性腺激素注射、体外人工授精，还是我们未向任何人提及的三次绝望的海外旅行。一再的失败中所包含的圣谕十分明显：这一切并非我们命中该有。鉴于我拒绝承认这一点，洛伦扎就替我做了决定。一天夜里，或许是她的泪水已经哭干,又或者她根本就没有哭过(这一点我永远无从知晓),她告诉我,她再也无意于……她就说了半句话:"我再也无意于……"我把头扭向一边,背对着她,强忍住自己的怒火,因为我觉得这种选择是她一厢情愿,而且不公平。

在那些日子里,我更加在意个人的微小不幸,而不是全球性的灾难、大气中温室气体的积累,抑或是冰川消融和海水上涨。尽管提交申请的时间已过,我还是请《晚邮报》派我参加巴黎气候变化大会,主要是为了从那种境况中摆脱出来。事实上我不得不去恳求他们,仿佛对于我来说那是一个不容错过的机会。他们只需要购买机票和支付稿费。至于住宿的问题,我会到朋友那里凑合一下。

朱利奥在十四区的盖特街租了个昏暗的一居室。走进他家的时候,我说:"快乐街?这不太适合你。"

"正是如此。假如我是你,就不会抱太多幻想。"

几年之前,朱利奥和我曾经一起在都灵租房子。当时他大学延毕,而我不同:父母家距离那里仅仅半小时的车程,但我想尝试人生中第一次离家生活。与我不同,大学毕业之后,朱利奥仍留在物理学界。他更换了很多次工作地,不过始终留在欧洲,因为他对美国怀有无法克制的政治仇恨。与此同时,他结婚又离婚,还有了一个儿子,最终定居法国,获得了巴黎综合理工学院的一笔科研经费,研究应用于金融领域的混沌模型。

晚饭时,我们吃了两份二十几岁小年轻吃的那种面,没有摆餐具。我跟他说了来巴黎的理由,是那个官方的说法。朱利奥在书架上找到一本书,然后问:"你看过吗?"

"没有,"我任由书页的边缘在拇指处翻过,小声说,"《崩溃》。这个词十分完美。"

"这本书对于物种灭绝的看法很有意思,你拿去吧。"

"物种灭绝"这个词在我的脑海里萦绕了一会儿,仿佛一种个人命运的标签。我一边收拾盘子一边听朱利奥迅速地给我更新儿子阿德里亚诺的新鲜事,他已经四岁了。碳水使我感到有点困倦,但是酒喝完了,于是我们出门继续喝。

巴黎的街道荷枪实弹,气氛阴沉。仅仅几天以前,一群袭击者在死亡金属之鹰乐队表演期间进入音乐厅,向拥挤的人群扫射了好几分钟。还有一些恐怖分子袭击了几家小酒馆,其中两个人在法兰西体育场外引爆了身上的炸弹。那天晚上,洛伦扎和我在同另一对夫妇共进晚餐,是她母亲告诉我们这个消息的。第一个电话洛伦扎没有接,第二个也没有。但那种坚持令她心生疑虑,最终还是让步了。"打开电视。"她母亲只说了这句话,在我们所有人的手机上,信息已经汹涌而来。我们默默看了一个多小时电视报道,然后朋友们离开了。他们想起需要回家看孩子,而这种需要完全没有来由。洛伦扎和我任由电视开了很久,红色的信息条不停地在电视屏幕下方划过,不过已经是在循环播放。饭菜还在桌子上,已经凉了。与此同时,还有另外一些事情令我们沮丧:一种个人化的恐惧。那些日子,一种悲痛笼罩着我们的家庭,尽管我们并没有失去任何亲人。确切地说,就是从她说"再也无意于"，而我转身背向她的那天开始。

我和朱利奥走了一会儿，街道两旁都是安装了深色玻璃的按摩中心，还有情趣商店和亚洲美食店。随后，我们随便找了家馆子坐下来，椅子面朝街道。我们点了两杯啤酒。他又开始聊读过的那些书：关于数字监控、阿拉伯之春和新民粹主义的小册子。朱利奥阅读的书浩如烟海。从我认识他的时候开始，他对于现实的观点就比我复杂得多，而且他非常投入。上大学的时候，他连续两年都是地下教室集体活动的协调员，那里悬挂着一些No Nuke（反对核武器）的招贴和一张法拉奇（Oriana Fallaci）的照片，Oriana 中间的字母 a 掉了；而我仅仅是在午休的时候才去那里和他待一会儿，好像离他近一点就足以让我更加清醒和道德。

在盖特街，我一边小口喝着啤酒，一边听他讲这些事。用他无懈可击的专业知识、汽车的噪声以及人群的布朗运动来净化我的心灵。当交谈发生短暂的间歇时，我们都将目光投向他处，我觉得在那些瞬间，我们仿佛看到了同样的景象：人群中出现了一个黑色幽灵，他先是向着天空举起手臂，随后用机关枪扫射那家馆子。我感觉在自己贫瘠而又毫无希望的内心深处，一定程度上是渴望真的发生那种事情。这是一个愚蠢而有罪的幻想，充满了自我怜悯，但我还是产生了这样的念头，只不过没有跟朱利奥提起。我从来没有跟他谈过孩子的事。我们之间的友谊一贯如此，谈论的都是外部世界，尽量避免涉及我们自己。或许正因如此，朋友关系才维系了这么久。

第二天早上，我坐上大区快铁B线，然后又换乘一辆公共汽车，到巴黎布尔歇展览中心参加第二十一届联合国气候变化大会。入口处的安检令人筋疲力尽。不过，一旦进入里面就可以自由活动。展厅都是中型和小型的房间，按照全体会议或者分组会议分为不同颜色。一个女接待员把专门开辟的新闻中心指给我看，在那里有线网络和其他必要设备一应俱全。我表现出一种自己从没有过的自来熟。

听了几天随意从日程上挑选的会议之后，我必须承认没有什么了不起的东西值得报道。全体会议上讨论的是一些特定的分段和段落，甚至是最终会出现在公约中的个别字眼，发言也是干巴巴的，或者极其笼统。关于环境的话题是很无聊的。缓慢，既无行动，也无悲剧，或者仅仅是可能发生的悲剧。作为补偿，其中包含了太多善良的意愿。这就是隐藏在气候变化背后的问题：可怕的无聊。甚至参与一项国际公约的制定都令人昏昏欲睡。我本该像见证一场革命那样展示公约每一毫米的进展，但谁又会对此感兴趣呢，如果我就第一个在那些昏暗的小房间里打起瞌睡来？不停吃下去的三明治在胃里沉甸甸的，耳朵里听的也是塞内加尔、古巴以及那些穿着传统长袍前来的代表语调单一的发言。

五天过去了，我甚至连一篇文章也没有写出来。报社开始问我到底怎么打算。我向他们保证，我正在思考，已经快要写出来了。

晚饭的时候，我跟朱利奥谈起这件事。我觉得现场最有趣的是用彼此卡在一起的椅子搭建的埃菲尔铁塔的迷你景观。不过，这并不够写一篇文章。

"到底有多迷你？"

"就这么高。"

"不，那肯定不够。"

作为对他的感谢，我煎了牛排，用的是在一家绿色食品超市买的真空包装产品。煎牛排弄出了很多烟，但朱利奥进来的时候什么都没有说。

"是啊，气候真的糟透了。"他也承认。

我以为谈话就到此为止。然而，他想了一下又说："你可以见见诺维利，或许他可以告诉你点不同的东西。"

"他是谁？"

"一个物理学家，跟我们一样。"

"多大年纪？"

"不到五十岁。在罗马的时候，他教授方法论。上课时人很和气，发言却声名狼藉。那时候，他极力反对资本主义。"

"跟你一样？"

朱利奥笑着说："更糟。我在巴黎又见到了他，目前他从事气候建模，某种跟云有关的东西。假如你愿意，我帮你们牵个线。"

我应该是耸了耸肩，装作要思考一下，但实际上已经决定抓住那个机会，仅仅是为了避免在布尔歇那些有回声的展厅里再转一天，脑袋里回响着关于气候恶化的那些词句。

出乎意料的是，当天晚上诺维利就在巴黎蒙日街约见了我。尽管有三公里的路程，我还是步行赴约。一路上我都盯着手机，尽量收集关于贾科莫·诺维利博士的信息。网上并没有多少信息，他还没有出名到拥有自己的维基百科词条（或者说没有那么臭名昭著），只在 WordPress 上有一个自己设计的略显粗陋的主页，上面列举了他最新的文章，以及他教授的复杂系统课程。网页上还有一个图片库，里面有一些阴天的云彩照片，以及关于气体形成类别的简单说明：高层云、卷云、积雨云，都是我在准备气象学考试时放弃的名词，因为那门课只有三个学分。

"我没有等您来就点菜了，"诺维利说，丝毫没有表现出歉意，"我计算着您不会用那么长时间。"

"我是步行来的。"

"从十四区？"

他好像感到困惑，但没有再说别的。他随我一起看向盘子，上面堆着小山一样的食物。

"特别多对吗？我是特意这样的。虽然不应该吃这么大的汉堡，原因当然主要是二氧化碳排放，不过也有动脉方面的问题。只不过这些食物真的很难抗拒。您看到啦？"

他把汉堡举起来，让我从侧面看看那些夹层。它们都是彼此分开的：生菜、奶酪、肉和洋葱，并不像餐馆通常提供的那种糊状的东西。"您也点一个吧。"

"我已经吃过了。谢谢。"

他在吃汉堡，而我用这个时间来观察他。就像某些达到事业巅峰的科学家一样，诺维利显得有些疲惫。假如说年轻时他像很多物理系男生（也包括我）一样不修边幅，目前在这方面他一定是非常注意。

"您了解凯斯勒症候群吗？"他问我。我摇了摇头。

"朱利奥对我说，您想谈谈世界末日。再说，近些日子大家都在谈这个。尽管应该搞清楚，我们所谈论的并非世界末日，而是人类的末日，这两件事情完全不同。无论如何，当我坐在这里等您的时候，想到了凯斯勒症候群。"

他吮吸粘在食指上的蛋黄酱，然后拿起手机，在里面寻找图片。"您看到了什么？"

"不明飞行物？"我试探着说，更多是出于玩笑。

"不错，是不明飞行物，这是所有人的说法。只可惜不明飞行物并不存在，而这是一张真实的照片，是中国那些新兴互联网公司发布的一系列卫星照片。您想象不到，我们头上有多少金属在旋转。事实上，我们已经把近地轨道的所有空间都塞满了。"

他转动了一下汉堡，继续吃边缘的部分，或许是想把最有滋味的中间部分留到最后。

"想象一下，一颗螺丝钉从其中一个卫星上脱落下来。这种事情经常发生，不是吗？螺丝钉脱落下来，然后，那颗螺丝钉以每小时三万公里的速度飞行，就像一颗子弹。以这种速度，不费吹灰之力就能击穿钢铁制品。现在，您想象一下，假如一颗螺丝钉击中另一个卫星，然后那个卫星碎裂，又将无数的金属子弹射出去，击中其他的卫星。"

"连锁反应。"

"正是如此，连锁反应。这些旋转的物质，最终又会变成什么呢？谁都不知道。不过，其中的一部分有可能坠落地面，就如同某种小行星雨。这就叫作凯斯勒症候群，您知道真相是什么吗？这是真正的威胁。人们不会去想它，因为他们对此并不知晓。事实上，明白这些事情的就只有那些发射卫星的人，他们用赚来的钱为自己建造避难所。然而，那些现在坐在餐桌旁边的人们对此一无所知。现在，他们脑袋里想的都是'伊斯兰国'和全球变暖，但事实上，存在着数不尽的更加原始的威胁。干旱，水源污染，流行病（是的，他就是这样说的）以及人工智能的反叛。显而易见，还有那些我们觉得已经过时的话题，就比如老生常谈的核冬天。"

有那么一会儿，我一边听他讲话，一边想起了我父亲。想起每个周日他就如同一架无人机跟随在我母亲身后：洗衣间、阳台和厨房，嘴里始终说着石油危机、大气和光污染。每个月都有一场灾难。我心想，是否诺维利也是这样一个丈夫。又或者说到底，我也是这样一个丈夫。

"那些云呢？"我问他。

诺维利做了个鬼脸："云的事情更加复杂。高处的云储存水分，所以有利于地球变暖。低处的云反射太阳光，所以导致地球冷却。好事坏事都让它们做了，总之一团糟。有些人认为，全球变暖会使我们的星球再也没有云。全年三百六十五天都万里无云。我猜有的人会喜欢这样，但我不喜欢。"

"我看到您的网站收集这些照片。"

"那是一个学生竞赛，就是拍摄最有趣的云。不过，比赛也向其他人开放。您愿意也可以参加。"

"我不拍照片。"

"随便您。"

关于那晚的谈话,我不知道还能讲些什么,尽管我们在一起待了很长时间,先是在酒吧外蘑菇形室外煤气取暖器的高温之下,然后是沿着植物园散步。我们肯定谈到了联合国气候变化大会,对此诺维利并不抱太大希望,我们还谈到彼此对某种与世界脱节的物理学都抱有怀念。之后,他肯定问过我是否正在对他进行采访。

"我想没有,确切地说没有。"

"假如愿意,您可以采访我。"他说。在他关于世界末日的那些言论中,我已经觉察出这种自负。走着走着,他问我是否有孩子。我立即反问他:"您呢?""两个,中间相隔了很多年,第一个已经七岁了。"我评论道:"考虑到您对未来的看法,我觉得这其中有点矛盾。"我不禁变得有些僵硬。诺维利说:"假如不把未来托付给孩子们,又如何相信这一切可以幸存下去?"

走到他家门口时,谈话已经结束了。在最后的几十分钟里,我们仅仅是散步而已。大街上已经空无一人。寂静中我又回想起恐怖袭击。我想我会避免乘地铁回去,尽管这样做没有太大意义。自杀式袭击需要人群,以及某种戏剧性。

"您究竟是做什么的?"诺维利问,好像这个疑问一晚上都在他的脑袋里徘徊。

"我是一名作家。"

"朱利奥跟我说您为一家报社工作。"

"我为一家报社工作，但我是个作家。"

出于某种原因，我感到有些遗憾。似乎我对这个晚上交谈的意义有些误解，从凯斯勒症候群开始，诺维利对我采取的就是一种标准的态度，像对待学生那样，提出一些华而不实的建议。

他开始摆弄钥匙，然后打开大门："那就祝您写出漂亮的文章。假如有什么其他需要，您可以给我打电话。"

我在巴黎的时候，洛伦扎决定要去岛上度假，这是当代人常用的夫妻问题疗法。按照西方人的智慧，没有一个星期的热带生活不能治愈的伤痛。参加气候变化大会之后在隆冬乘坐飞机前往加勒比海，这种做法有些自相矛盾：按照单程每个人平均排放一千公斤二氧化碳估算，我们总共会排放大约四吨二氧化碳，以便战胜潜伏在我们婚姻生活中的悲伤。这是值得的。至于我的环保意识，也就只能搁置片刻了。

据说瓜德罗普岛的形状像一只蝴蝶。假如果真如此，那么我们的度假村就位于它的右翼，在一个小小的海湾中心。入住的时候，他们给了两卷很小的毛巾，在芳香的水里浸过，用来清洁面部。旅馆大堂的巨型落地鱼缸里挤满了龙虾，慵懒地滑动着触须。我们躺在白色的长沙发上，伴着旅行带来的晕眩，倾听众多可供选择的休憩服务和相关的付费方式。鉴于支付了额外费用，我们可以拥有一间海景房，而且肯定会喜欢它的，事实也的确如此。

把行李箱里的东西全部取出之后，我们下楼来到海滩上，享受最后一缕阳光。洛伦扎买了一件几何图案的新海滩罩衫，她把衣服挂在一截树干上。这截树干与周围的环境背景十分相配，感觉简直不像是被水流冲到那里的。我们潜入水中，一只鳐鱼从距离大腿两米左右的地方游过，仿佛预示着幸福。海浪很温柔，几乎感觉不到。洛伦扎用大腿环绕着我的腰，我背着她涉过浅水区。她在我耳边小声说："重新过二人世界也不错。在家里我们总是会被打扰，被工作、欧金尼奥，还有电话打扰。"她尽力用股四头肌紧紧夹住我。我感到她似乎变得更加年轻。几个星期以来，我第一次感到，我的不悦以及内心对她的怨怼都动摇了。洛伦扎用湿润的手抚摸我的面孔，仿佛要结束我的内心独白，无论我说的是什么。我们接吻，随即分开，轮流重复说着，这座蝴蝶形状的小岛是多么美妙啊，永远留在这里该多好啊。

这种完美的状态只持续到晚上的冷餐。在餐厅，我一边跟在她身后，一边抱怨着三种不同的套餐，其中一种竟是日餐的肉菜，这是多么荒唐。"在热带地区当真需要新鲜的草莓，还有塑料瓶的圣培露矿泉水吗？难道这里没有水？不说这里，至少方圆六公里也该有水吧？"突然，洛伦扎手里拿着一个盘子转过身来，好像没有想好要把它丢在地上，还是砸在我的脸上："你反对浪费，这一点我明白，也尊重。但我反对不幸。所以……"

所以，休息，这是酒店的口号：休息，休息，休息。

下午四点的温水疗法和凤梨汁朗姆鸡尾酒起了作用。我们又开始做爱，何况这也是我们来这里的真正目的。之后，洛伦扎开始趴在床上看书，仍然没有穿上短裤，看上去十分平静。我既可以再次靠近她，也可以就坐在一边，把朱利奥借给我的书上有说服力的段落划出来，推迟我的欲望。我想，婚姻生活就应该如此，而且应该始终如此，充满着欲望。或许洛伦扎说得对，我内心做父亲的愿望过分强烈，我太理想化了。数不清的夫妇都没有子女，但这完全不意味着他们比其他夫妻不充实，或者不幸。尽管如此，即使在这间海景房里，也能够感觉到我们之间有些东西耗尽了，尤其是谈话时，就好像在欢愉中也裂开一道缝。那是我们私人生活中的臭氧层空洞。

在《崩溃》中，贾雷德·戴蒙德阐述了某种悖论。我们所有人都理所当然地认为人类文明会朝着幸福发展，然而有时它会走向反面，从而不知不觉地为自身的灭亡创造条件。最著名的例子就是复活节岛：长久以来，人们都认为岛上原住民的大量死亡应该归因于欧洲人带去的流行病，尤其是梅毒和天花。然而，一种最新的理论认为，原住民的减少是由于那些遗留下来的巨型雕像——背朝大海的神秘方形半身像。为了运输那些巨石，人们必须将它们放在原木上滚动，而为了得到那些原木，他们砍掉了所有的树木。没有了森林，生态系统变得疯狂，引发了山体滑坡、饥荒和内战。到最后，原住民开始嗜食同类。我对洛伦扎说："吃人，你能想象吗？"

她的食指轻轻地从我大腿上划过，眼睛始终停留在她的书上。小腿在空中摇晃着，彼此交叉，像极了大堂里的龙虾。她说："你就没有带点别的书看吗？"

一周过半的时候，我们报了一个内陆观光团。我们并非真的想要这么做，只是为了减轻一直窝在度假村沙滩的负罪感。

早上九点，我们与一对荷兰夫妇共同乘上一辆面包车。我们的车在一座热带森林中穿行，地势平缓，身边回响着鸟儿婉转的歌声。在那样的纬度，一切都显得更加繁茂和湿润，也更令人兴奋。晒了几天太阳，阴凉为我带来意想不到的安慰。

导游关于一种西非本土树木正在迅速取代原生植物的讲解令我着迷。这种植物的学名是 Dichrostachys cinerea（代儿茶），不过在非洲它被称作"圣诞树"。四月，它会绽放出美丽的黄色和紫色花朵，让人暂时忘记它的邪恶。我的问题可能太多了，荷兰夫妇开始现出不耐烦，洛伦扎也开始叹气，每次我表现得像是班里的第一名时她就会这样。

我们重新回到海边。午餐被安排在红树林中间一块阴凉的空地。那里还聚集着来自不同酒店和旅行社的团体，挤挤擦擦的，破坏了预订时承诺的那种清静气氛。我们和荷兰夫妇坐在一张木桌前，占据了桌边大部分空间，这样其他人就不会想和我们坐在一起。

我开始和奥托聊度假村的品质，以及在巴黎爆炸案之后旅行变得令人担忧。他是一名工程师，在汽车行业工作，不过主要负责市场营销。他非常关注可持续性的话题。

我们每人喝了一杯潘趣鸡尾酒，然后是第二杯，第三杯。当然，我们也谈到了克里奥尔饮食，以及吃久了会觉得腻烦。

回来的路上，我在面包车上睡着了，而且睡得特别沉，甚至错过了最后一段行程。当我们重新上船的时候，包括洛伦扎在内的其他人都显得情绪高涨。他们都保证说，我没有看到殖民时期的别墅真是太可惜了，绝对值得一看。

最后一天，我们租了辆车，去参观荷兰夫妇推荐的一处海滩。度假村的生活就是大家互相介绍不同的海滩。汽车从穿越灌木丛的小径中钻出来时，我们发现那里是一片裸体主义者的绿洲。"怎么办？"我问。洛伦扎耸了耸肩："来都来了。"

我们脱了衣服，换上包里带的泳装，把浴巾铺在沙滩上，但这样躺着实属奇怪，所以我们下了水。一切都很有趣。当我们漂浮在距离岸边三十米左右的水面上时，荷兰夫妇游了过来。他们没有说过要来，否则我们可能会改变行程。"棒极了，不是吗？"奥托说。

洛伦扎和女人攀谈起来。她的皮肤已经被晒伤，呈现出红色的斑块，以及被太阳晒过之后分体泳衣留下的痕迹，水下的双腿在阳光折射下显得越发粗壮。

为了摆脱尴尬，我对奥托说，我看到他刚刚过来时游得特别好。他跟我谈起在荷兰所有孩子都必须获得游泳证书，一共三级：考试的时候，必须穿着衣服和鞋子，憋着气游过一条隧道。

"我想，这是考虑到海平面上升可能导致荷兰被大海淹没。"

奥托困惑地看着我："海平面上升？当然不是。是因为我们不希望淹死在阿姆斯特丹运河里。"

我们四个人交谈的时候身体都是赤裸的，而我真的没有办法不在意。最后，奥托指着海滩问我："你看到那边的人了吗？"

我看到植被中间一些少年的轮廓蜷曲在阴影当中。他们在大腿间有节奏地摩擦着，就好像在做冥想练习。不过距离太远，我无法看清楚他们是否穿着泳衣。我天真地问奥托："他们在做什么？"奥托对我笑了笑，就好像我的话是一个暗示，而非问题。

后来，我们接受了他们的晚餐邀请。我们愚蠢地穿上比平常还要讲究的服装，我甚至穿了不露脚趾的鞋子。实际上，只需要像往常那样下到位于一楼露台的餐厅，轮流走向那些我们已经吃腻的冷餐，点同样的塞子拔不开的智利红酒，而且这瓶酒最后还会计入额外花销。

只不过我们是在奥托和玛艾克的餐桌边做了这一切。我们的临时朋友住在海牙。"不，不是阿姆斯特丹，是海牙，甚至也不是海牙，而是距离那里二十来公里，在一座你们一提到荷兰就会联想到的那种典型的房子里面，就是那些……""我们去过那里，不止一次，甚至到过 Rijksmuseum（国家博物馆），发音不是这样吗？当然，我们为那幅《代尔夫特风景》着迷，那种光仿佛不是照射在画面上，而是从画中射出来。"

他们的名字并不是奥托和玛艾克。我不知道他们叫什么，我也没有任何理由需要记住他们的名字。我在桌子下面握着洛伦扎的手，她也抚摸了我的食指中间，非常轻柔，表示她跟我想法一致。

几个小时之后，当我醒来的时候，荷兰人已经离开了我们的房间。洛伦扎在睡觉，躺在床铺的对角线上，标志着那个夜晚是多么奇怪。我用被角盖住她的双腿，然后起了床。窗户敞开着，我来到露台上。一条细长的玫瑰红沿着天际线延伸。在那之上，天空中形成从天蓝色到深蓝色的渐变。我想，有一天，那座小岛会不复存在，这个露台也是，我们也一样。洛伦扎和我，也会像那些被淹没的环礁一样，留不下任何痕迹。

海上有一朵环形的云，厚厚的，一动不动，异常平滑。一个气态的飞碟，底部稍稍变窄，如同一个螺旋。我回到房间取手机。我拍摄了云的照片，把它发给诺维利，并且写了简短的说明：瓜德罗普岛。

他立刻回复了我："荚状云。气流撞击障碍物而成。这种云并不罕见，但在那个纬度倒是不常见。我可以把它发到网站上吗？"

过了一会儿，又来了一条信息："假如您仔细观察这朵云的边缘，就会发现彩虹。那是水滴在折射阳光。您路过巴黎的时候，咱们见一面吧。"

七月,《自然》杂志刊登了一篇关于云与气候变化之间关系的文章。通过对卫星照片的研究,文章的作者发现,由于全球变暖,云正在逐渐向两极移动。云层从最需要阻挡太阳辐射的地方——赤道和热带——向需求量少得多的两极移动。这种移动会随着时间造成一种所谓的"积极反馈",但实际上并没有任何积极的作用,仅仅是数学意义上的积极,也就是说起到加法的作用,天气越是热,它越会使温度变高。

在的里雅斯特,我阅读了诺里斯等人写的这篇文章,以此开始我的课程。我在那里教授科学新闻学,是传播学硕士课程的一部分。我决定把这一年都用来讲授气候变化。云的移动看上去是一个非常好的起点,恐怖而又富于诗意。这门课程总共持续四周。我在卡瓦纳租了一间公寓。假如由我来决定,就不会选择这么热闹的地方,而是与学校有合作关系的酒店,坐三十八路公交车也很方便,但洛伦扎说服我对自己好一点。她说:"你已经是去流放了,至少要住在一个比较愉快的地方。除非另有原因,否则你没有任何罪需要赎。"果真如此吗?春天时我们之间的关系恶化了很多,到了夏天更加糟糕,我们大部分时间都是各过各的,也很少打电话。接受陌生人睡在我们的床上最终证明是一场赌博。

在的里雅斯特,我养成了新的生活习惯。假如没有课,我就会晚起。不过,我还是会把闹钟定在七点钟,然后开始刷手机,以便用 WhatsApp 的最后一次登录时间向世界表明,我并不懒惰。之后,除了批改作业以外,我没有很多事情可做,于是就去散步。我一直走到海边的米拉马雷公园,这会花去一天中的大部分时间,当然我也会去里尔克和卡尔索两条荒芜而又昏暗的小径。我对自己说,步行那么远是有必要的,可以为之后要写的新书想出一个好点子。对洛伦扎我也是这么说的,她相信,或者说假装相信。不过,大部分时间,我仅仅是走路而已,大脑空空。我戴着耳机,像个少年。Spotify 播放列表里面的记录显示,那一年我听得最多的是马吉克·克卢兹的一首歌,歌名带着问号:*Are You Alone*?

我那门课程的学生大部分是硬核科学领域的博士后:物理、数学和生物技术。很少会出现语言学或者历史学的学生,因为他们会觉得自己格格不入。所有来上课的人都是因为在学术生涯的某个阶段感到失望,或者仅仅是出于疲惫。他们已经学习了太久,而且研究的学科又过于艰深,所以希望在比较柔软的传播学土地上休息一下。最开始,我所有的努力都旨在消除这种偏见:假如他们认为通过投身科学自己已经探索了最为复杂的东西,那么,在我的课程上,他们会遇到另一种复杂性,同样需要全身心地投入。向他们提出建议并不难,因为在至少十年时间里,他们只阅读学术文章、专业教材、公式和图表,这一切限制了他们的写作能力。面对一张白纸会令他们感到不适。

那年的学生中有一个名叫克里斯蒂安,研究天体物理学。他坐在教室中间排,靠着左边的墙壁,身在课堂而又仿佛置身事外。他的口音很难辨认,或许正是这个原因引起了我的好奇心。又或许是因为当我讲到消失的云时,他眼睛睁大到超乎寻常。

轮到他自我介绍时,他说曾经长时间研究引力波和黑洞。他一边用手指拨弄着头发,一边说那种研究对他没有益处。在项目进行到一半的时候,他写了一篇总结性的文章,决定放弃天体物理学,回到地球上。他就是这样说的,"回到地球上"。我问他:"为什么研究黑洞对您没有益处?"他有意避开我的目光,回答说:"老师,在您看来,您的研究对象有可能取代您的位置吗?"

在食堂,我追上负责协调课程的玛丽娜,问她怎么看待克里斯蒂安,她立刻就明白了我的意思。"他非常敏感,"她说,"最好慢慢来。"

我感觉她在隐瞒什么。学生资料和入学面试时的敏感细节是不会告诉我们这些合同讲师的。

"我觉得他有天赋。"我说。

"是吗?你从哪里看出来的?你才见过他们两个小时。"

"直觉。"

"直觉。"她重复道。然后,她从餐盘上抬起头来,勉强冲我笑了笑。

在前一年的课程评分中，有些学生抱怨我"偏心"。按照他们的说法，我特别关注某些作业，而对另外一些却没有投入多少时间。他们认为，上课时总是同样一批人在发言，而且大部分是男生。玛丽娜给我写了一封完全客观的邮件，并把调查问卷的结果转发给我："请参阅附件。"我给洛伦扎看了最终成绩（而不是评语），她犹豫了一下，然后说，七分半并不赖。然而，我希望得到九分或者十分，我希望得到教师委员会的点名表扬。我去找朱利奥寻求安慰。"你觉得现在学生给老师打分正常吗？""是学生兼顾客，"他纠正我说，"这是新的教育趋势，对此你无能为力。"我差点忍不住问他作为老师的最后一次评分是多少。

无论如何，我对克里斯蒂安的判断没有错。他在课上的发言总是非常精彩，而且始终积极参与，甚至满怀热情。一天早上，我朗诵了《崩溃》中的一段，第二天这本书就出现在他的课桌上。

当轮到克里斯蒂安介绍关于报道的计划时，他站起来走到全班同学前面。他说话语无伦次，而且始终在摆弄头发。他的发言确切地说并不能定义为想法，而是一连串的思绪，其中隐藏着一个担忧。他谈到了"不归点"，多年对黑洞的研究使他对这个概念十分熟悉。当一个物体进入事件视界时就会消失，人们对它再也一无所知，之后发生在它身上的事将是一个无法揭开的谜。那个物体可能会在视界的另一端变形或者肢解，或者变成某种其他的东西，也许是纯粹的光。克里斯蒂安问我，在我们的星球上，是否存在一个类似的时刻，一旦超越了它，我们就会坠入深渊。

假如存在这样一个时刻的话,那么这个时刻距离那个早上有多远,距离那个他正在说话的时刻有多远?或许,我们已经超越了它,但并没有觉察到。"或许……"说到这里,他戛然而止,"这就是我想写的内容。"

他看上去筋疲力尽,好像每个细胞都在颤抖。教室中弥漫着一片迷茫。我请同学们发表看法,他们小声说了些赞许的话,但非常困惑。于是,我接过话头。我对克里斯蒂安说,这个题材无疑非常迷人,但也很模棱两可,他可能会迷失。我说:"你应该集中精力探讨更加明确的东西,也就是已经展现出这种变化的东西。"

"我不知道应该集中精力探讨什么。"他又说,非常严肃,始终没有看我。

"比如,生态系统的改变。"

我对他提起代儿茶,那种威胁瓜德罗普岛生态平衡的植物。我说:"不过你应该找一种距离更近、能够直接观察的现象,这就是我们在这里要做的,观察现实,然后撰写报道。"

我不知不觉地走近他,以至于在沉默时能够听到他的呼吸。我是个好老师,而不是只能得七分半的那种。我懂得鼓励和引导,富于幻想,而且宽容。克里斯蒂安未置可否,甚至未做思考。他注视着窗外的一个点,仿佛无法将目光从那里移开,那是一个我们所有人都在靠近但只有他能够看到的事件的视界。他请求我允许他回到座位上。

我记得那一年学生们撰写的报道中包括生活在沟渠里的一种

濒危青蛙，肉类罐头工业对全球变暖的影响，对于斯洛文尼亚一个洞穴的探索，严格地说，那里本可以免受气候变化的影响，却发生着戏剧性和不可逆转的变化。

最终，克里斯蒂安接受了我的建议，选择臭椿作为他的研究对象。这是一种亚洲乔木，却在以惊人的方式侵蚀我们的植被。他在课堂上大声朗读了文章的开头，讲述的是一次乘火车回家的旅行。他发现臭椿隐藏在铁轨两旁的植物当中，一路上都如影随形。文章里充满了画面。比如，臭椿的叶子摇摆着，试图与他交流。在某个时刻，臭椿被描述得仿佛一整个巨大的植物机体，它的根茎蔓延到地表之下，覆盖了整个星球。

当他气喘吁吁地读完后，同学们对他报以掌声。我心里想，他们会不会觉得克里斯蒂安的文章有些"片面"，但最终我也开始鼓掌。不过很快，为了做到不偏不倚，我开始更加严格地审视这个开头。他什么时候才能进入关键信息？除了主观和感性的信息以外，客观数据在哪里？此外，第二人称的使用令我感到困惑，标点的使用看上去也颇有些随意，至少从他朗读的方式来看是这样。

在我发言时，克里斯蒂安的表情发生了变化。整个班级的气氛都紧张起来，甚至一个名叫格蕾塔的女孩直接站了出来："我就喜欢他这样的表达。老师，难道不是您要求我们个性化吗？"

之后的一周，克里斯蒂安没有来上课。我问他的同学们是否知道原因。一些学生回头望着格蕾塔，又或者他们并没有看她，只是我在此刻回忆时觉得他们在看着她。也有可能并没有人回头看她,他们仅仅是在对我说不(说谎)。不过,下课之后,一个学生在楼道里对我说:"老师,有件事。不过,我不知道是否重要,或者是否应该对您说。"

"什么事?"

"克里斯蒂安晚上总是去一个叫米洛的地方,一个啤酒馆。"

"我知道那里。"

"好的,我还以为您不知道。"

"他在那里做什么?"

学生耸了耸肩。"也许他并不是经常去,"他说,"只不过我们有两个同学在那里见过他,而且是不同的时间。"

他低下了头,看上去有些负罪感:"与克里斯蒂安聊天不太容易。不知道您是否注意到了,他有点奇怪。"

我向那个学生保证,我完全没有注意到,暗示所谓奇怪其实只是由于他们的不信任。

那天晚上,我去了米洛。那里的气氛有点像大学生聚会。我不希望遇到任何学生,因为他们会觉得我独自坐在一张小桌子前喝酒有点古怪。所以,我选了一个比较隐蔽的位置,在柱子旁边。半夜一点的时候,我已经微醺,准备离开。正当不知道是失望还是如释重负之时,我看见克里斯蒂安穿着睡衣和人字拖走了进来。

克里斯蒂安腋下夹着笔记本电脑。他坐在吧台前,服务生探身过来亲吻他的脸颊。我能感觉到他们之间的默契,仿佛同样的一幕每天深夜都会上演。服务生给克里斯蒂安倒了一杯啤酒,而他打开电脑，开始写东西。酒吧不大，我就站在他背后，直线距离不到五米。所以，我能够看到他赤裸的脚后跟，以及后腰处露出的皮肤，因为他的坐姿使睡衣向上提了起来。我刚好对着他的屏幕，即便辨认不出上面的文字，也知道是一页 word 文档。

当酒吧 DJ 突然将音乐切换成九十年代那种令人感到安心的风格时，舞池里瞬间挤满了人。这时我只能看到克里斯蒂安浅蓝色的鞋跟有节奏地在脚蹬上敲打。我鼓起勇气走上前。他用了几秒钟的时间才觉察到我的存在，然后有所表示，叫了一声"老师"，没有丝毫的吃惊。

"你在写什么？"

克里斯蒂安用脑袋示意屏幕，说："报道。"

"这是让人集中精力的怪地方。"

他耸了耸肩，好像没有明白我的意思，于是我纠正说："事实上，我也喜欢在嘈杂的地方工作，因为那里使我思绪平静。"

"我的房间就在楼上。签合同之前他们没有跟我说。主要是那些低分贝的音乐会使床铺摇晃，甚至移动。莱莫娜和我说好了，她同意我在这里工作，而且免费喝酒。作为交换，我不再抗议。"

他冲着服务生笑了笑，服务生向他吐吐舌头。莱莫娜也给我一杯啤酒，我们默默地喝了一会儿。我能够感觉到克里斯蒂安想要工作，但我在身边他又不敢写。

后来，我对他说："你没有来上课。"

"我来不及了。"

"什么来不及？"

"这篇报道，老师。"

"你还有时间，不用紧张。何况你已经写了很多。"

"您说了，我太啰嗦。"

有片刻工夫，我觉着身着带有宇航员图案的纯棉睡衣、坐在不时有别人的胳膊从背后擦过的啤酒馆里的他，是如此无助。我心里想，他已经度过了多少个不眠之夜？我们重新陷入沉默，直到他开口说："老师，我有点饿了。"

"你知道这个时间在哪儿可以找到东西吃吗？"

"我得先去换衣服。"

我们走出啤酒馆，又从隔壁的门进去。我感到当我和一个身穿睡衣而且比我年轻的男孩在门口消失的时候，其他学生的目光都落在我身上。不过，那天晚上啤酒馆里面挤满了学数学和物理的学生，他们习惯了任何层面的古怪行为。

在二楼，低分贝的音乐如同低沉的轰鸣。床铺已经不知多久没有收拾过了。这是一个正常的大学生房间，就是那种凌乱，不多也不少，只是我从物件的摆放上感觉到一种焦虑。不过，这也有可能是记忆的篡改。有可能当时我什么都没有感觉到。克里斯蒂安在睡衣外面套上运动衫和牛仔裤。在一股不合时宜的父爱冲动下，我嘱咐他多穿一点，因为外面起风了。

我认识火车站附近一家仍然开门的便利店。我们买了66牌啤酒，他几口就吃掉了一块看上去味道很差的袋装帕尼尼。然后我们开始散步。

那天晚上谈论的话题包括：把希格斯玻色子称为"上帝粒

子"的愚蠢行为/偷偷阅读《天才儿童的悲剧》并且希望书中的故事发生在我们身上/最新的宇宙微波背景图/在高中时认为自己是慢性失败者并为此痛苦了很长时间，直到突然对此毫不在意/量子色动力学/早泄。

克里斯蒂安对任何事情的看法似乎都非同寻常，就像我在二十五岁的时候试图做到的那样。只不过，我的非同寻常是通过在实践领域的不懈努力，而在他却像是性格的一部分。我想，或许等到课程结束了，双方角色强加给我们的不对等也不复存在的时候，我们会成为朋友。

我们走到了码头的尽头，肩并肩站在那里小便。灯火通明的城市完全被抛在身后，防波堤悬在漆黑的海面上，如同处在黑暗而虚空的星际当中。我们已经喝得烂醉，站在防波堤上轻轻摇晃着。这时，克里斯蒂安说："我的报道已经快要写完了，老师。我保证，一旦写完，我就回去上课。"

过了片刻，他又说："我很在乎这门课的，老师。"

四天之后，在周六半夜和周日凌晨之间，他们把他接走了。酒吧服务员莱莫娜下班时总会瞥一眼克里斯蒂安房间亮着的灯光，是她听到了她后来说的那些"奇怪的声响"，并注意到玻璃上有深色的条纹。

克里斯蒂安是用一把叉子去挖胳膊上的肉的，这个细节让我久久难以忘怀。不过，正因如此，伤口才不太深。假如用的是刀子，他肯定会失血而死。在周一紧急召开的教师委员会会议上，玛丽娜就是这样汇报的。一切都还有待确认，但克里斯蒂安好像已经有好几个晚上没有睡觉了，很多人都在难以理解的时间看到他在路上游荡。一个叫格蕾塔的同学报告说，克里斯蒂安经常在她家附近徘徊。她透过窗户看到他，有一次还下楼到大街上与他对峙。克里斯蒂安显得并无恶意，只是有些疯狂。他说在那里是为了保护她。她问为了什么，他说树枝。

"什么树枝？"其中一个老师问，但玛丽娜并没有理会他。她继续说，克里斯蒂安在没有告知任何人的情况下停了药。在父母那里他表现得非常可信，他们甚至都没有发现。经过紧急治疗之后，他被转移到曾经住过一次的疗养中心。很明显，他不可能再完成学业。

那是十一月一个阳光明媚的日子，在我们开会的教室窗外，海湾闪闪发光。对我们失职的怀疑使清晨金色的空气变得沉重。确切地说，我们到底失职在哪里呢？关注？照顾？洞察力？

他们提到的几个词包括偏执狂、精神分裂症和强制精神治疗。教授社交媒体课的尼克泛泛地说，他觉得学生们一年比一年脆弱。

我没有提到几天前的晚上去米洛啤酒馆找过克里斯蒂安，而且那晚的大部分时间都跟他一起散步，也没有说我——在那群老师当中只有我——了解他跟格蕾塔提到的树枝：臭椿，无患子目，苦木科。这个树种在十九世纪中叶被引入意大利，用于丝绸的生产，是最近常见的入侵物种中最严重的品种之一。"老师，在您看来，您的研究对象有可能取代您的位置吗？"

透过透明的玻璃，我看到克里斯蒂安的房间，我看到臭椿的根茎在地板下攀爬，虬节从很多地方穿透地板砖；我看到嫩芽开花和延伸，变成有弹性的枝条，然后刺穿床垫，变得越来越硬，床上铺满了树叶。现在，植被也覆盖了墙壁和天花板，房间已经变成一片森林，树叶随着米洛啤酒馆传来的音乐有节奏地颤动着，而克里斯蒂安就坐在中间，被树枝、入侵的物种和入侵的思想囚禁着。现在已经没办法除去杂草，只能将它们连根拔起。我看到他抓住伸手可及的第一个物件，就是那把被丢弃在身边的叉子，用它来保护自己。

"有这种可能吗，老师？"

克里斯蒂安拔掉身上的树枝，撕扯它们，但树枝缠绕在他的手腕、脚踝和脖子上，越来越多。

他随意而又疯狂地操纵着叉子。臭椿的枝杈钻入他的鼻孔、手指的肌腱、胸骨和肛门，随后长出新的叶子，他必须用叉子的尖端在肉里面寻找。

玛丽娜问我们是否有问题。"没有任何问题吗？那么我们可以就如何解决班级里发生的事情进行讨论。学校开设了一个心理服务窗口，鼓励孩子们都去。"我还是没有发言。刚刚透过透明的窗户看到克里斯蒂安房间里的东西，我只字未提。我们这些在场的人都是科学家，或者曾经是科学家。然而，我刚刚想象到的东西既毫不客观，也无法核实。我保持沉默，倾听其他人的建议。

课程结束后，我回到罗马。现在我对入侵物种非常着迷，就连这座城市也好像变了模样，到处都是使五月的空气中弥漫着甜味的风车茉莉（来自中国），民族大街棕榈树上的长尾小鹦鹉（来自印度），还有棕榈树本身（来自加那利群岛）和正在杀死它们的寄生虫（来自中国）。每次出门的时候，我都尽量不跟洛伦扎说这些，但换成我父亲一定会这样做。

　　十二月十九日，我满三十四岁，但我对那一天毫无记忆。手机里与那个日期相关的只有两张照片，是两盘食物构成的静物画：一盘纵向切开的生菜，中间放着一碟蛋黄酱；另一张是拉近的我的手，手里握着一盒罐头，我觉得那个姿势颇具挑战意味，就像是在对某个人说：我在做饭。我猜我们邀请了客人来家里吃饭，但既不记得有几个人，也不记得是谁，不过盘子里蔬菜量很大。

　　更重要的是，我不记得，八点刚过，庆祝就被打断了，因为一辆斯堪尼亚运输卡车冲入柏林的一个圣诞市场，撞了几十个人。事实上，我甚至不记得如何得知了那个消息，或者是否打开过电视去了解更多信息，尽管我肯定这样做了。就像在随后的几天，我应该持续关注了追捕嫌疑人阿尼斯·阿姆里的新闻，以及他在赛斯托－圣乔万尼被击毙的事情，并且为这个欧洲头号通缉犯先是堂而皇之地从德国入境法国，最后又到了意大利而气愤。

在某个时候，我应该得知了那辆用来行凶的卡车可能是几天之前从我居住的城市都灵出发的，也正是在那里装上了二十五吨需要运输的钢材。在我们的生活与一种新形式的绝对邪恶之间存在着一种前所未有的联系：这种说法是老生常谈，但我不知道如何用别的方式表达。这种邪恶从大陆的这里或那里冒出来，如同一朵腐烂的花。尽管如此，我和洛伦扎还在竭尽全力做着我们一直在做的所有事情，包括办生日派对。

在那个时期，朱利奥向我坦白，他在看斩首视频，在暗网上可以找到完整的资源。他对我说，那是一种真正的类型片，具有明确的审美，以颜色为例：刽子手的黑色，囚服的亮橙色。假如稍稍留心就会发现，那些囚服永远是干净和熨烫过的，就仿佛一分钟前刚从玻璃纸里面取出来的一样。

死刑犯都很镇定，不会大喊大叫，也不会试图破坏舞台上的表演，仿佛不希望影响拍摄质量。朱利奥在给我的信中写道："注意取景的改变与剪辑。"那些画面不是拍给人看的，而是拍给人欣赏的，像电视连续剧一样制作精良。

我首先选择了一位目光呆滞的日本记者的斩首视频，然后是一名英国援助人员，最后是二十一名埃及人，他们排成一行，沿着海滩缓缓前行，以一种完美的几何排列被同时处死。

我一边看这些视频，一边和朱利奥邮件往来，就此进行评论。我们希望弄清很多问题。比如，像刽子手在网上发布的那样一刀致命有多么困难？要达到这种水平，他们需要练习吗？他们会多少次，又是以何种方式练习的？他们是使用木偶还是动物练习，或者是尸体？还有就是那个迷人的七秒钟问题。一些神经生物学家提出，脑袋被砍掉之后，意识最多还能持续七秒钟。这就使得斩首成为一种壮观而又特别令人怜悯的死亡方式。不过，谁又能肯定呢？七秒钟：自身蒸发的时间。这是又一个科学永远无法解开的谜团。

五年后的今天，回顾从二〇一六年至二〇一七年的那几个月，我意识到，要在各种事件之间建立因果关系是多么困难。当时我观看"伊斯兰国"的斩首视频，是为了说服自己现实是如此敌意丛生，因此不宜生子，还是出于相反的目的？或许二者之间并无任何联系？或许我仅仅是像很多人那样，被那种新的恐怖所迷惑。无论当时的情况如何，在撰写这部虽近在眼前却又仿佛非常遥远的近代编年史时，我好像仅仅需要将事件排列在一起，并不一定要在它们之间建立起联系，只是接受它们之间最多存在着一些呼应关系，甚至不用试图从中总结出某种道德结论。

《美国心理学家》杂志上刊登了一项研究，抽取三千名美国人作为样本，调查我、朱利奥，还有数百万的其他人观看斩首视频的原因所在。调查显示，在那个时期，受访者中有百分之二十观看了视频的一部分，百分之五观看了完整的视频，其中大部分都是男性基督教徒，而且跟我们一样，是出于所谓的善意。调查表明，观看这些视频与失业或者之前遭受暴力侵害有着很强的关联性。不过，至少据我所知，我和朱利奥不属此列。但是，也有可能调查不够广泛，因此不足以显示不能成为父亲，或者像朱利奥那样，在很多年中遭受了极大的痛苦，与之是否有关系。

在那几个月里，由于他的监护权问题，我们见面比平时更加频繁。我们第一次谈到这件事情是在罗马。那是在主显节前后。我能够准确地还原此事是因为当时整座城市遭受了一场异乎寻常的寒流侵袭，温度降至零摄氏度以下，风也很大。在那之前我从未见过多蛇街上的喷泉结冰。一天早上，我们在那里驻足，阿德里亚诺用手剥掉冰柱，最后忍不住拿起一根舔了舔，朱利奥则问我能不能帮他一把，在法官面前作证。

"证明什么？"

"为我和阿德里亚诺作证。证明我们在一起时的情况。也就是说，并没有虐待或者类似的事情发生。"

"有人认为存在这种情况吗？"

朱利奥耸了耸肩："假如可以的话，你需要和我们一起住一段时间。"

"我又不是没有这样做过。"

"对，不过需要详细的证词。"

"也就是说，我要像观察员一样和你们住在一起？"

朱利奥也剥下一根小小的冰柱，在手中摆弄。"我很讨厌被观察，"他说，"但我想可以忍受被你观察。"

这无疑是我们之间说过的最为私密的话，然后是片刻的沉默。接着，朱利奥又说："我的父母也要作为证人，但他们的证词被认为没有那么可信，原因非常明显。由于你所从事的工作，你的证词的分量是不同的。"

"当然。"我说。

"假如你不愿意，我也能够理解。这种事情很烦人，而且……"

我说我可以。

户外实在太冷了，于是我们走进共和国广场的一家快餐店。阿德里亚诺想买一个热狗。朱利奥反对，因为上一次他吃完就肚子痛，但阿德里亚诺拼命拽他的腿，最后他只得让步。

朱利奥对我说，儿子越来越被惯坏了，好像是在向我道歉，然后又改口说："我们越来越惯着他。"

我已经开始用一种不同的方式看他们，仿佛是在进行评估。我们取回放在托盘里的食物，坐在靠窗的桌边。阿德里亚诺狼吞虎咽地吃着热狗，好几次都带着胜利的表情向他的父亲挑衅。或许他并不是真的想吃热狗，而只是想占上风。

究竟朱利奥和柯芭之间为何会糟到这种地步，我只知其一不知其二。朱利奥的矜默使得我仅仅了解了一些蛛丝马迹。至于柯芭，她一开始的时候找过我，甚至和洛伦扎煲电话粥发泄，然后她们就不再联系了。在离婚这件事上，偏袒一方几乎是无法避免的。

他们初遇的时候我就在场。当时朱利奥和我在读大学的最后一年，也就是硕士第二年。我们参加了欧洲核子研究中心组织的高能物理暑期班，包含像格罗斯曼和爱德华·威滕这样重量级人物的课程。来自半数欧洲大学的一百多名年轻物理学家汇聚一堂。我们带着印有名字的徽章，茶歇时大胆地讨论自己一知半解的话题。

柯芭是那些身着运动衫、把头发束起来的女生中的一个。在餐厅里，她坐在我们旁边，突然开始谈论微分方程，好像希望我们也加入她的午餐头脑风暴。朱利奥和我一直保持沉默，有点被吓到了。她觉察到我们的犹豫，于是问："你们不是理论物理学家吗？""从理论上说是。"朱利奥回答，这句话让她笑了起来。"是理论上的理论物理学家。"她又说，仿佛这是一段时间以来听到的最富智慧的话。她做了自我介绍。她的父亲是一名化学家，所以给她取了那个古怪的名字①，而她弟弟的名字更糟。他叫特勒尔②。不，她并不是在开玩笑。朱利奥注意到她的手链，而且猜到了来历，于是他们开始谈论旅行。

这是令人看好的一对。在我们四个人频繁来往的那段短暂的岁月里，洛伦扎和我经常说，他们是我们认识的夫妻中最令人看好的一对。然而……

在共和国广场的那家快餐店里，假如不是有阿德里亚诺在场，我们又会谈论斩首。不过，突然，朱利奥仿佛是被迫问起我的项目。或许是为了达到某种平衡，因为之前我们始终在谈论他和他的孩子。我问他指的是什么项目。"原子弹，不是吗？"

---

① Cobalt 为化学元素钴。
② Tellure 为化学元素碲。

他说。

"啊,那个,我没有继续下去,也就是说,我放弃了。"

"我喜欢那个想法。"

"你是个物理学家,明显会喜欢那个话题。不过,我向你保证,外面没有一个人期待看到另一本关于原子弹的书。"

"你如何知道外面的人期待什么书?"

为了避免闲着没事做,我们把一份薯条分成两份,然后依次蘸上酱。朱利奥请我允许他把两份混在一起。

"你知道我印象最深刻的是什么吗?在大学的时候,他们从来没有谈到过原子弹。我们考过多少门核物理方面的考试?我们研究过裂变、连锁反应,我们能够重复所有的计算,但没有人提到过原子弹,甚至费罗内也没有。"我们很清楚有关费罗内的传闻。

他们说,在莫斯科做博士后的那些年,他认识了列夫·朗道,并成为一名核间谍。事实上,他在东欧的过去只在跟俄罗斯小女友的电话当中留下了痕迹。每节课都会被他尖声尖气的 *privet golubka*(早安小鸽子)打断。

"也许他们认为那是属于工程师的玩意儿。"我脱口而出。

"我认为并非如此。我想,所有物理学家都本能地与那种东西保持距离。仿佛那与他们不相干。尽管如此,假如稍稍挖掘那些年的历史,曼哈顿计划或者其他国家的项目,你会发现我们学习过的所有定理名称。费米、海森堡、奥本海默和维格纳。无论好坏,他们都牵涉其中,所有人都认为应该继续。后来,他们为自己辩解说，制造原子弹与扩张军备是因为别无选择。然而，在我看来，情况要糟得多：他们都很兴奋，或者至少有一段时间是那样。直到他们开始明白事情真的非常严重，当他们意识到自己正在实验室中制造潜在的世界末日，这才有人退出。"

我问他："你的这种想法又会将我们带往何处呢？"

"我不知道。或许是让大家想到，即使是我们这个星球上最聪明的人——那些物理学家无疑是最聪明的——事实上对于现实同样一无所知。就好像一个人只能被现实裹挟。"

朱利奥把手机给了阿德里亚诺，以便我们能够安静地把对话进行下去，但我们的对话并没有持续很久。我有些难过，因为一段时间以来，我感觉除了不断放弃自己的计划以外，我什么都没有做，或者是在为他难过，因为我感觉他的话风又转了回来，痛苦地谈论他自己、阿德里亚诺、柯芭以及他们现在的生活，尽管我无法理解他到底是如何做到的。

回家的路上，我拐弯去了帕尼斯佩纳街。我在物理学研究所的旧址逗留了一会儿。费米就是在那里意识到，通过用减速中子轰击某些原子核可以获得新的元素。原子弹并非如此诞生，但也几乎是从这里开始。那里不是研究机构，而是政府办公室，而且不允许进入，这一点我从刚开始做研究的时候就知道。很多次，我凭借着想象进入那些房间，看到费米抱着放射源从一个房间跑到另一个房间。他的腹部因此发生突变，最终患上了胃癌。

回家后，我发现洛伦扎在打电话。我在她身边转来转去，直到她挂掉电话。我对她谈起朱利奥,以及他要求我帮的那个忙,为了他我需要去几次巴黎。洛伦扎说,在她看来我最好不要涉入那么深。

然而,使自己涉入其中正是我这个职业的根本。

假如她是担心机票,那就不必了,朱利奥愿意报销。洛伦扎用奇异的目光注视着我。

"不,我当然不会真的让他付机票钱。我只是说有这种可能性。"

"你去巴黎吧。"她说。随后,她又开始打电话,急不可待地继续被中断的对话。

我进了卫生间,在那里待了几分钟,然后回到客厅,对她说我终于明白自己想要写什么了。我会重启原子弹的话题,这次我决定了,而且拥有进门的钥匙。假如她允许的话,我立马就开始写。

广岛和长崎的很多幸存者都说那次爆炸是静悄悄的。日语里使用的词汇是 pikadon（核灾难），pika（闪）和 don（爆炸）的组合。然而，根据约翰·赫尔西的描述，幸存者中没有任何一个人听到爆炸的声音。相反，所有人都记得那道闪光。

闪光先于冲击波相当长的时间到达，是以人们能够凝视它。片刻工夫，风景就变成了前所未见的颜色，很多人说是白色，但也有人说是红色、黄色、橙色和蓝色。事实上，在原子弹测试视频当中，闪光会依次呈现出不同的颜色，就好像胶片被损坏了一样。当冲击波抵达广岛和长崎的时候，已经没有时间感觉到任何其他东西。

"（一九四五年八月六日）八点十五分，我看到窗外面闪过一道月白色的光，"瑟洛·节子在诺贝尔和平奖的颁奖礼上说，"我记得那种感觉就如同飘浮在空中。"从物理学的角度来讲，她的感觉是有道理的：脚下房屋的坍塌应该发生在一瞬间，由于惯性，她在空中悬浮了片刻工夫，然后也掉了下去。

当时二十八岁的泽川弘史同样写道，看见闪光之后，他突然感到"悬浮在空中"。肥田舜太郎在回忆录中写到被炸飞的经历。

一九四五年八月六日，他出城到户坂村去给一个小女孩看病，那里距爆炸中心大约六公里。当他正要给小女孩打针的时候，面前闪过一道耀眼的亮光。前一天晚上他喝了很多酒，所以，一开始他认为那个奇怪的现象有可能是幻觉。肥田舜太郎的回忆与瑟洛·节子不同，他记得热浪将他掀翻。他看到教室的屋顶飞到天上。片刻之后，他自己也悬浮在空中，被冲击波的力量推着穿过两个房间，撞在佛龛上。在他的余生里他一直在怀疑，自己是否为那个女孩做了注射。

恩里克·费米先于他们看见那道闪光，确切地说是在二十天前做三位一体核试验的时候。从所有意义上讲，那都是历史上第一次原子弹爆炸。当时他将近四十四岁，已经获得了诺贝尔奖，而且逃到了美国，因为意大利出台的《种族法》会殃及他的妻子劳拉。他继续关于铀、减速中子以及放射性衰变的研究，但现在的目标是制造有史以来威力最强大的武器。一九四五年七月十六日，在新墨西哥州被不祥地命名为"死人之旅"的沙漠中，这个计划终于实现了。

实际上，费米看到了闪光，却也没有看到它。在那一刻，他宁愿把目光从将他与沙漠隔开的暗色玻璃上移开。"我感觉沙漠突然比白天更加明亮。"他写道，那时才刚刚凌晨五点半，太阳还未升起。

众所周知，费米更喜欢计算，而非凝视。他把一张纸撕成碎片，任凭它们在冲击波到来时飘落在地上，然后计算原子弹的冲击波把它们带到了距离手多远的地方。按照大学一年级就学习过的矢量计算，他估计实验室里被称为"小玩意"的原子弹，威力相当于一万吨 TNT。一如既往，他的估算几乎准确无误。

当他把目光移回暗色玻璃时，核爆炸已经是我们所知道的样子了：一团迅速向天空升腾的灰色云朵，逐渐扩散，后面跟随着一个由沙尘构成的圆柱。在"死人之旅"沙漠，原子弹蘑菇云脑袋和根茎的壮观景象达到了极致，因为射线使地上的沙尘都喷射起来，科学家们将其称为"爆米花效应"。

在三位一体核试验之后，许多曼哈顿计划的物理学家都不相信原子弹会真正被使用，至少肯定不会针对民用目标。这种武器的破坏力太大，只能限于演示目的。洛斯阿拉莫斯国家试验室的主管罗伯特·奥本海默估计，假如将这种武器用在一座城市，那么每个原子弹会造成大约两万人死亡。他的这种估计被科学家们称为粗略计算，也就是临时在随便找的纸头上进行的潦草计算。不同于费米，奥本海默的估算错了：仅在广岛，仅仅是直接死亡人数，就超过十万。然而，假如当时有人向他或他的任何物理学家同事提到这个数字，绝没有人会相信。

"难以置信"似乎贯穿了原子弹的整个历史。世界上许多最受尊敬的科学家，包括阿尔伯特·爱因斯坦和尼尔斯·玻尔，都怀疑原子弹能够真正被制造出来，至少直到战争结束之前都不会。然而，在一九四五年夏天，甚至存在两枚可供使用的原子弹，采用了不同的裂变材料和相应的技术。

如今，科学家们怎么想已经不重要了。从我们收集到的报告来看，当时洛斯阿拉莫斯国家实验室的办事程序是以一种非常官僚、简单粗暴和典型的军事化方式进行的。一个项目已经启动，这个项目的目的是制造原子弹，那么一旦制造出来，就必须把它投向某个地方。今天我们知道，他们从来没有认真考虑过仅仅进行演示的假设。相反，在所有那些经济和智力方面的投入之后，第一次爆炸必须造成尽可能大的破坏，并且震惊世界。

想要造成引人注目的破坏，需要一个完整的靶子。一个由科学家和军方人员组成的委员会列出了一份名单，上面都是作为候选目标的日本城市。最开始，广岛排在第二位。到那时为止，这座城市还没有遭到过 B-29 轰炸机的轰炸，而东京的情况则完全不同，虽然会更加引人注目，但它已经成为一片废墟。

作为帝国的古都，从文化价值和象征意义来看，京都更加合适，尤其大量的木屋和神庙更易烧毁，场景壮观。但是，参加这个委员会会议的战争部长亨利·史汀生二十多年前曾经在京都度过蜜月，对那次旅行留有美好的回忆。他坚持要保住京都。

就这样，广岛从第二位升至第一位，随后是小仓、新潟和长崎。所以，在打击目标的选择上，就只靠天气预报决定了，不要错过第一个晴天。

一九四五年八月六日，八点十五分，B-29 轰炸机将名为小男孩的原子弹投向广岛。

三天后的八月九日，十一点零二分，名为胖子的原子弹在长崎西部爆炸。

闪光过后，节子在瓦砾下醒来，听到周围有其他女孩微弱的求救声，然后是一个男人的声音，要她沿着裂缝一直推，以便从里面获救。

她做到了，学校的另外三百多名女孩却没有，她们在短短几分钟内被活活烧死。教学楼以外的城市已经不复存在，节子看到幸存者们的皮肤都在骨头上耷拉着，还有一个人手中握着自己的眼珠。

很多幸存者都看到和提到"皮肤在身体上耷拉着"这个细节。八月六日，在回家的路上，泽川弘史遇到一列沿着铁轨前行的伤员。"我注视着他们，然后突然明白了，那些看上去像是布条的东西，实际上是由于烧伤而从手臂上剥落的皮肤。"他是一名二十八岁的医生，刚刚结婚，在宇品町军事医院工作。恢复知觉后，他立刻开始救治一名伤员。不过，很快就有更多伤员涌入满目疮痍的医院病房。泽川弘史将他们描绘成幽灵：他们发出奇怪的声响，呻吟和哭泣着，不过队列整齐，等待着轮到自己接受治疗。突然，有个女人抱着孩子冲了进来。她的眼睛被炸瞎了，所以看不到孩子已经死去。医生出于怜悯接过孩子，并没有告诉她孩子已经死了。医生见她舒了一口气，随即倒地身亡。

医生和护士同样遭受了轰炸。事后的估算显示，城里百分之九十一的人都处于危险当中。这就意味着是那些受伤和奄奄一息的人，在街道上和摇摇欲坠的医院里，试图救治另一些受伤和奄奄一息的人。没有任何药品和医疗器材，大多数情况下，他们只是在可怕的伤口上涂上红药水。

这些人当中也包括谷丰，他当时三十三岁，是一名耳鼻喉科医生。他回忆说，伤员们都被集中在红十字会医院的大厅里，躺在榻榻米上，"就像鱼市上的金枪鱼"。绷带下面的伤口上爬满了苍蝇的幼虫，没有办法全部清除，所以成群的小虫在空中飞舞。

不过，所有这一切——烧伤、化脓的伤口、突然失明、被玻璃划得满是伤口的面孔、裸露的颅骨，甚至是苍蝇——所有这一切，尽管非常恐怖，对于广岛幸存的医生们来说，至少还可以理解。然而，烧伤之处的异常颜色——并非红色，而是白色——以及随后几个小时或者几天开始表现出的症状，就很难理解了：皮肤上的斑点，不断呕吐，以及发生在很多人身上、最初被误认为流行病暴发的痢疾。暴露在黑雨中的那些人症状更加严重。

事实上，蘑菇云升上天空之后，就出现了异常的大气现象。最为恐怖的是，天空被漆黑的乌云覆盖，当中包含着各种碎片，很多都具有放射性，使得水蒸气凝结。接着就下起了一场漆黑而黏稠的雨。

不过，除了三个星期之前在新墨西哥的沙漠中发生但避开了所有人目光的那场爆炸，此前从来没有过原子弹爆炸，而且原子弹也并不存在，没有人明白在广岛上空爆炸的东西为何物，也没有人明白辐射、黑雨、污染和辐射尘是什么。

或者说，只有某些人明白。八月八日，爆炸发生两天之后，日本物理学家仁科芳雄被带到广岛，随后他向政府证实这里遭受了核袭击。他为何能够如此肯定呢？几年以来，他也在为政府——日本政府——制造原子弹，但此时他明白，自己太慢了。

临近八月底，也就是原子弹爆炸几周之后，幸存者们开始掉头发，体重也在减轻，很多人还开始吐血，这种现象最开始被归咎为肺结核。

十月，他们恢复了。无论爆炸造成的疾病有多么奇怪，都仿佛只是暂时现象。

然而，到了年底，他们身上开始出现瘢痕疙瘩。这种突出的疤痕本身极其常见，但在幸存者们身上的面积和毁容程度都闻所未闻。三年之后，病状明显变成了贫血、白血病，以及一种特殊的早期白内障。不过，那已经是战后的核竞赛时期了，大规模公布关于原子弹爆炸长期影响的研究对谁都没有好处。于是幸存者都被隐藏起来，他们的生存状况也遭到无视。

太田流合将自己的症状称为"疼疼病"，症状类似于痛痛病。这种症状令他非常痛苦，而且持续一生。在一九七八年的一次纪念大会上，他说："我感觉周身疲惫。身体非常沉重，仿佛穿着铠甲。"

一九四五年八月六日，他没有服从命令，却因此得救。他穿了白色衣服，而不是像命令要求的那样穿黑色，因为后者在空袭时并不显眼。事实是，白色并不吸收而是反射电磁辐射，这使他免受灼伤，不过他是很久以后才明白这一点的。同样很久之后他才明白，每天穿过"零号地区"去收集所需物资，特别是饮用水，是非常不谨慎的。

与此同时，辐射在科学家中间同样进行了一场屠杀。一九四六年，路易斯·斯洛廷在洛斯阿拉莫斯的一间实验室对被两个铍半球包围的处于亚临界状态的钚进行研究，这种技术被称作"恶魔核心"。他没有按照规定要求使用垫片隔离两个半球，而是决定更加随意地使用螺丝刀。正像经常会发生的那样，有一天，螺丝刀从他的手中滑落。两个铍半球彼此接触，并且立刻达到超临界状态，释放出蓝色的荧光，也就是伽马射线和中子流。短短几分钟之后，路易斯·斯洛廷开始呕吐，几天之后就死去了。

伊莱娜·居里和她的丈夫弗雷德里克·约里奥，以及恩里克·费米本人，都终日与射线接触，以致丧命。此时距离广岛的爆炸已经过去九年，世界上已经有了两千五百枚核弹头。

作为射线的发现者，居里夫人并没有来得及看到所有这一切。在生命的最后几年中，她的双手被烧得甚至发出了磷光，但她拒绝承认这是因为自己在很多年里一直在没有任何保护的情况下用手接触含有镭和钋的物质。关于电离辐射和生物组织之间相互关系的研究已经发表，但获得两次诺贝尔奖的居里夫人至死都在否认辐射的危害。她坚信自己发现的辐射只会给人类带来福祉。

战争结束时，参与曼哈顿计划的一些科学家为他们工作造成的后果（也就是屠杀成千上万的人和毁掉两座城市）而感到不安，所以创建了名为《原子科学家公报》的非营利性杂志。他们担负起检测核风险趋势的使命，为此还发明了一种综合性的工具：末日时钟。在这个时钟上，午夜与世界末日象征性地重合。

在《原子科学家公报》的科学家们看来，二〇一七年的发展趋势不太好。那一年的报告上写明，委员会"决定将末日时钟的分针向灾难的方向拨三十秒。目前，我们距离午夜只剩两分半钟"。

这其中包含多方面的原因：美国和俄罗斯在许多阵线上彼此挑衅，尤其是叙利亚和乌克兰，同时继续完备他们的武器库，而朝鲜则在继续进行核试验。即便目前人们不再谈论核威胁，那也并非因为这个威胁已经消失，而是公众对此不再感兴趣。只消一个对比便能明了：一九九〇年，末日时钟的分针与世界末日的距离是十分钟。

尽管《原子科学家公报》给出这样的报告，但二〇一七年初我的感觉并没有那么糟，或者无论如何不是出于报告上面列出的那些原因。自从洛伦扎明确表态的那一天起，我就开始以前所未有的坚持创作那本关于原子弹的书,而且完成了大约七十页。早上,我一边沿着罗马的台伯河从切斯提奥桥到圣天使古堡长久地漫步,一边在头脑中构思下午要写的内容。我试图想象那些制造原子弹的物理学家头脑中都在想什么,对于发现的狂热与对于极端后果的忧虑如何交织在一起,他们的"近视",也就是明确的视而不见,到底在哪里,又到了何种程度。我试着猜想,假如自己处于他们的位置,会如何去做:我会继续下去还是放弃;我是否能够预见未来,又是否能够应对那种未来。

创作间歇,我摆弄 Nukemap(核武器地图),那是一个在线模拟器,可以在全世界任何地方模拟引爆核弹头,并且通过改变杀伤力来量化破坏区域、受害者数量和放射性尘埃扩散范围。我利用这个模拟器引爆"小男孩",然后是"胖子",先是在地面上,然后是在五百米的高空,这样受害者会翻倍。

我逐个测试那些原子弹,直至其中威力最大的沙皇炸弹,威力可达五十兆吨。我通常将自家屋顶作为轰炸目标。利用核武器地图进行模拟实验的时候,沙皇炸弹能够在罗马市中心炸出一个四百米的深坑,产生的冲击波可以将玻璃碎片送到安齐奥和奇维塔韦基亚,原子弹制造的蘑菇云会延伸到四十三千米的高空。

我不是唯一用这种方式自娱自乐的人,网站记录的用户点赞量已经超过两百万。外面渴望摧毁世界的人成千上万。人类的终结成为一种新的消遣。

至于我呢,大多时间都想着原子弹,而不是我和洛伦扎无法出生的孩子。我相当清醒地意识到,这是一桩不合算的交换,但除此以外我又能怎样呢？

在那段时间，有消息说一个名叫穆斯科斯的瑞典政客提出了一项奇怪的法案。他希望每周给员工一小时的额外午休时间，专门用于做爱。这项法案除了有益于员工的心理健康以外，还可以在这个生育率直线下降的国家起到鼓励生育的作用。这种暗示性的消息至少够广播员讲上一刻钟。实际上，我正是在收音机里听到了这条新闻，然后开始思考洛伦扎和我会用那一个小时的额外自由时间做什么。我很怀疑我们会用来做爱。这会使我们变成一对不正常的夫妻吗？不正常就意味着错误吗？无论答案如何，我都不希望在意大利通过类似的法案。

几年以前，在婚前课程上，卡罗尔向我们提议了一个游戏：假如突然失去五感中的一个，那么我们选择保留哪一种感官。可以预见，几乎所有人都决定拯救视觉，只有一个女人选择了嗅觉，还有另外三个人，包括我在内，选择了听觉。在分享了我们的想法之后，每对情侣被要求进行私下讨论。我发现洛伦扎生气了，因为她认为我的选择是针对她的，就好像我对看到她并不太感兴趣。卡罗尔坐下来与我们交谈，让她说出全部的想法，然后拥抱了我们。我觉得这个动作有些过于亲密。在车上，洛伦扎说："他怎么会想到那样做？"即便如此，那天晚上做爱的时候，我们异乎寻常地开心。我明白，他以某种神秘的方式帮助了我们。

我曾经重新思考过这个问题，尤其是在洛伦扎和我的性生活变得支离破碎、令人疲倦之后。我心想，那天到底是什么因素使我们达成了意想不到的亲密：消除隔阂的过程吗？还是车里开的玩笑？又或者是卡罗尔的拥抱？假如我能够找到原因，或许就可以重复使用相同的模式。

我们选择婚前课程的标准很简单：授课人必须是一名进步的神父。根据朋友们的推荐，卡罗尔就是这类神职人员。我们的婚礼也是由他主持的。婚后，我们仍然保持联系，而且一起在圣洛伦佐上拳击预备课。

目前，只有他知道关于那对荷兰夫妇的事。在对他坦白之前，我曾经犹豫过，担心他会对我们，尤其是洛伦扎做出不好的评价，而洛伦扎对他又是那么崇拜。卡罗尔的官方身份是夫妻问题专家，但我和洛伦扎陷入的仿佛是一种特殊情形，更加难以理解，太多彼此矛盾的情绪牵涉其中，每一种都失去了原本的模样，再也无法命名。

然而，我想错了。当我对卡罗尔谈起那件事时，他始终保持沉默，没有丝毫指责。然后他问我，与那个夜晚相比我是更快乐还是更不快乐。我诚实地回答说我不知道，不过我肯定是更无趣了。

二月，他邀请我去海边游泳。教区的一位居民送给他一件冬季潜水服，他想去试试。我不太情愿中断日常的写作，但最后还是让步了。我们彼此关注的天平始终向他那个方向倾斜，使我无法拒绝他的邀请。清晨七点，我到教堂门口接他，他全身包裹严实地在那里等我，戴着手套和帽子。没有必要这么早就出发，天还黑着，但卡罗尔的日程比我的繁忙，社区工作非常多，而且开始得很早。

在车上,他给了我一块包在餐巾纸里的蛋挞。那会儿我已经战胜了困倦,而且奇异地对他强迫我那么早起床心存感激。我从来没有见识过那个时间的清晨,感觉既干净又提神。我对卡罗尔说了这种感受。他注视着窗外,平静地说:"我经常见。"

在海滩上,我们艰难地穿上了潜水服。我们看上去应该既不专业,又很可笑,但也没有人在看我们。

海浪比风力预报中说的的要大,卡罗尔感到不安。我倒觉得没什么。他教我如何穿潜水服。我那套是借来的,就是跟送给他潜水服的那个人借的,但卡罗尔向我保证已经洗干净了。

刚入水时,除了光着的脚以外,我倒是没有什么感觉。不过,一旦潜入水中,寒意便从肩胛骨之间一直蔓延到腰部。

我们先是朝着垂直于海滩的方向游出去,以便远离海岸,然后沿着平行于海滩的方向游。我明白了海浪令他不安的理由。逆流前进比预想的要费力,但顺着海浪前进更加困难,因为你需要不断纠正自己的轨迹。此外,海水非常浑浊,能见度几乎为零,卡罗尔前进的速度比我快,所以我需要不停地抬头找他。

当我们停下来喘气的时候,我吃惊地发现我们距离海岸那么远。"我们游了多远?"我问他。

"大约一千五百米吧。"

"我游的更多,因为我是跟在你后面曲折向前的。"

我们躺了一会儿,潜水服使我们毫不费力地漂浮在水面上。我注视着卡罗尔覆盖着氯丁橡胶的腹部,就像海洋哺乳动物的脊背。"这里很美,不是吗?"他问我。"是的,很美。"然后,他说:

"我有一个问题要问你,你可能会觉得有点特别。"

"让咱们看看是否果真如此。"

"我想问问你夫妻生活到底是怎样的。"

我往他脸上泼水,他直起身子,眨巴着眼睛。

"这个问题不需要跑到这里来问,"我说,"你可以让洛伦扎彻底放心,我很好。假如她觉得我有点心不在焉,那是因为我专注于工作。"

"关于原子弹?"

"没错,关于原子弹。"

卡罗尔绕着我游了一圈。他嘴里含满咸咸的海水,然后再吐出去。他应该是评估了一下我无意之中为他准备的退路,然后停下来,面朝太阳。相对于罗马海岸边那些平顶楼房,太阳还没有升得很高。他用胳膊搂着腰间的充气浮标,眼睛并没有看我,说:"实际上,与洛伦扎不相干。我是为自己问的。"

我尽量表现得镇定,试图找到一个最合适的方式来提问。最终,我决定问他:"是男的还是女的?"

"一个女孩。"

卡罗尔停顿良久,然后又说:"比我年轻。"

"年轻多少?"

"二十二岁。"

海浪将我们分开。我再次感觉到脚上的寒冷,但不能由我来中断这个时刻。我开始做勾脚和绷脚的动作以避免抽筋。

卡罗尔说:"我们仅限于彼此发信息,谈论我们喜欢的电影和书籍。她非常敏感,比她的年龄更加成熟。"

"我对她的欲望一无所知。也不知道她是否还是处女。她二十一岁进入神学院,之前完全有时间经历各种生活,谁又知道呢?"我扒着充气浮标,从某种角度来讲,我们以这种方式连接在一起。

"你什么都不说,"他冷笑道,"我让你无语。"

"不。不是的。完全不是这样。"

不过,我也没能再说点什么。卡罗尔建议继续游。

现在,他游得更快。我感到手臂酸疼,呼吸与动作无法协调一致,而且觉得我们过分远离岸边了。

突然,我的视野尽头出现了什么东西。我纵身一跃避开。那是一个巨大的白色水母,边缘呈紫色。我尽量远离它,开始呼唤卡罗尔。当他终于回头看我的时候,我示意他我想立刻上岸。

我们身着湿漉漉的潜水服穿越海滩,然后在汽车旁把它脱下,一边瑟瑟发抖,一边尽量擦干身体,背对背穿好衣服。我只是在一瞬间瞥见他雪白得近乎没有汗毛的身体。尽管他肌肉发达,却显得好像没有防卫的能力。

随后,我们坐在一段矮墙上,喝着盛在保温杯里的咖啡。卡罗尔恢复了平静。所以说,那天早上,他把我带到那里,是为了一个明确的意图,一切都是事先想好的。他需要和我一起远离陆地,在绝对安静的大海上,向我吐露任何人都不应该听到的秘密。我想,需要足够远,即使上帝也无法听到。

我对他说:"假如我是你,就会非常谨慎。"我也不知道为什么会说出那句话,"看看事态如何发展。不要急着做决定。"

卡罗尔盯着海面,继续小口喝着咖啡,丝毫没有回应的意思。我可能让他失望了。不过也许是他对我的期望过高。

"她的名字是艾丽莎。"他说。

开车回去的时候,他一直在揉搓来时放蛋挞的那张餐巾纸。细小的纸屑落在座椅上,我心想,不知道汽车吸尘器是否能够将它们清理干净。

卡罗尔指向一块空地,叫我把他放在那里。

"可是还有两公里的路呢。"

"我更愿意走一走。我还有时间。"

我把车停在路边,但他没有立刻下去。他抿了抿嘴唇,像是在思忖什么,然后说:"我需要一笔钱。不多。你是唯一可以借给我的人。"

可能我犹豫的时间稍长了一些。感觉不只是我说的每一个词,甚至每一处停顿都在被扫描:"当然,没问题。需要多少?"

他耸了耸肩,第一次露出笑容:"我不知道。体面的旅馆需要多少钱?"他出于紧张笑了笑,"旅馆,可能还有一顿晚餐。"

我们目光交汇。在那个短暂的瞬间,我觉得他年轻了很多。

"好吧,小伙子,你的确缺乏经验,二百欧应该足够应付了。给我银行信息,我给你转账。"

"最好不要。"

"啊对,你说的有理。"

我拿出钱包,往里看了看,那一幕的确非常奇怪。"就是不知道有没有那么多现金,"我说,"我这里有一百二十欧,我们可以找一个自动取款机。"

"这样就可以。够了。"

他从我手上把钱接了过去,卷了卷,然后放进大衣口袋:"我最多一个月之内还给你。"

他打开车门,但并没有动。"我很抱歉。"他小声说。

"就一百二十欧,不要抱歉。"

"不,我很抱歉让你失望,作为神职人员。"

"十岁的时候,我妈妈就向我倾诉过她的秘密。我想这次我也能保守秘密。"

不过,这次卡罗尔非常严肃:"一个精神导师不应该妥协,尤其不应该借钱。"

他显得如此孤独。我本来应该以某种方式碰碰他,把手放在他的大腿上,表示我完全站在他那边,但这并非我们之间可能发生的接触。

"假如你觉得自己是我的精神导师,那可就太傲慢了,明白吗?"

到最后,拯救男人之间友谊的几乎总是幽默。卡罗尔做了个深呼吸,这足以使他改变表情,仿佛片刻间就把所有思绪释放到空气中。他打开车门,一只脚已经踏在地上,然后又说:"不用说,还是保密为好。"

"的确没必要说。"

"而且,这一切可能都不算什么。甚至肯定不算什么。只是另一个需要经受的考验。"

我注视着他在汽车后视镜中越来越小。在转弯处消失之前，他从大衣口袋里掏出了手机。他对我说想要走回教堂肯定是撒谎。他只是想有时间给她打电话。我心想，他会不会立刻说到我，以及终于弄到用来偷欢的钱。一切都显得那么古老，又有点可笑。然而，我意外地有些嫉妒。我凭借直觉想象着，当卡罗尔走在路边，在手机电话簿中寻找女孩的电话号码，当他等待女孩接电话，当他听到女孩还带着睡意的声音，路上齐小腿高的雾气尚未消散，从远处看，他仿佛走在低矮的云雾中，肾上腺素、血清素和所有其他与心理健康有关的电化学物质，都一起涌入卡罗尔的大脑。二十年以来，他一直在救赎自己。现在，他可以像个小伙子一样，享受那份迟到的快感。对于即将一起度过的夜晚的期待，离经叛道的快感：所有这一切对我来说已经再也不可能了。

我跟他谈起了那座岛，但并没有将一切和盘托出。因为在那里发生了一些难以用言语表达的事情，而试图这么做意味着承认它的真实性。不能那样做，除非我拥有狮子般的勇气或者自杀的勇气，但两者我都不具备。如果六年之后的现在——也就是说二〇二一年十一月三日——我能够这样做，那是因为这里只有我和电脑屏幕，而随着故事一点点展开，屏幕也越来越像是一面镜子。写到最后，我可以简单地一键删除。

无论如何，很多细节我都已经忘记。因为我那天和荷兰夫妇一起喝了很多酒，奥托和玛艾克，叫什么名字都好。他们坐在洛伦扎和我对面，嘴唇被智利葡萄酒染成紫色，我们的嘴唇可能也是如此，不过我只记得他们的嘴唇。深色的嘴唇使他们看上去很贪婪，但或许他们并不贪婪，只是非常感伤，在寻找友谊，就像我们一样。他们有一个女儿，得了罕见的疾病，就是世界上只有一两个实验室在研究、所以永远找不到治疗方法的那种。每年勉强有一个星期——也就是那个星期——当一个志愿者组织负责照顾女儿的时候，他们才能单独出来，所以他们想要尽情享受。

所有这一切都是在晚餐和随后的聊天中得知的，我们坐在露台的沙发上，从那里可以透过木地板的缝隙看到海底。露台建在海面上，而海底被掠过的聚光灯照亮。海中有一些螃蟹和彩色的鱼，不时还有小鲨鱼游过。工作人员向我们保证并不危险。在露台上，奥托向我历数了前几年去过的地方。他们更喜欢热带岛屿，因为海牙已经够冷了，而且那些岛屿经常会有合适的全包价格。洛伦扎和我倾听着，并没有过多透露我们自己的事情。我刚才说过，我们喝了酒，而且越来越明显，在此类体验上，我们是小白。我们开始谈论酒店的优点与缺点，奥托和玛艾克羡慕我们的海景房。当然，他们也考虑过，但过高的价格令他们望而却步。不过，他们希望能够进去看看，谁知道房间的装饰是不是有很大差别。

建议他们立刻跟我们回房间看看显然是顺理成章的。发出邀请的是洛伦扎，不是我，因为我几乎可以肯定，她说话的时候是看着我，而不是他们。按理说这个细节没什么意义，仅仅使此前最多是一种诱惑——一种飘浮在空中的模糊可能性——的东西具体化。

我们四个人一起沿着码头上通向房间的那条漫长的甬道前行,而我还在想下面的小鲨鱼和插在沙滩上的木桩,上面覆盖着锋利的贝壳。在房间里,我们假装那是一次真正的有导览的参观:这里是小冰箱,我们在这里看日出,当然是我们起床足够早的时候,这里还有一个小露台,一起床就跳进水里当然是最棒的。给玛艾克讲这些平淡无奇的事情时,我刚好站在敞开的窗口,而她用一种奇异的眼神注视着我,那种目光促使我转过身去。在我们的背后,奥托正将脸埋在我妻子的脖子上,吮吸她的皮肤。洛伦扎眼睛睁得大大的,稍显忧郁,仍然望着我。我没有任何明确的感觉,也就是说:没有任何可以使我做出一种而非另一种反应的、可以明确定义的感觉。那是一种混杂着惊愕、兴奋和恐惧的感觉,接近某种你在十三岁时可以感受到的失控,后来就再也不会有了。

玛艾克站在我身边,礼貌地抚摸我的胳膊,仿佛是在安慰我,同时注视着那个场景。洛伦扎依旧没有任何动作。她所做的,我想,就是不加反对。她任凭奥托把她推倒在床上,脱掉衣服,用一种在我看来相当狂热的方式不停地亲吻她。随后,玛艾克离开了我,去帮助她的丈夫。洛伦扎抬起一只手,没有笑,她说:"过来。"

我躺在她身边。有很长一段时间,我们都一动不动,任凭两个荷兰人行事。他们经验老到,什么都懂,我们两个却一无所知,我们被一种忧郁连接在一起,而这种忧郁从未像那一刻一样巨大而又深不见底。我们只是任凭他们亲吻和抚摸。他们的动作中带着某种温柔，残忍的温柔。

洛伦扎和我低声用意大利语简短交流了几句。荷兰人听不懂我们的话，所以显得格外私密。我们对彼此说"你确定吗"和"我爱你"，然后我对她说"我很抱歉"，洛伦扎说"别担心"。我希望不会到最后一步，至少她和奥托之间不会。不过，即便发生了，我也不会禁止。

现在，玛艾克以一种特殊的专注摆弄我。到了某个时刻，我想，好吧，现在是时候让步啦，现在你对一切都失去了控制，但我只不过是假装在这样想，因为实际上我已经陷入一种无法思考任何事情的境地，那里只存在身体、它的行动以及一种盲目的直觉。洛伦扎非常遥远。我想，正是那种遥远和盲目的直觉，促使我转身朝向奥托。我转过去侧躺着，靠在他身上。我是闭着眼睛这样做的，我感觉到了他的吃惊，也感觉到了远处玛艾克和洛伦扎的吃惊。一时间，房间里一切都停滞了，或许是因为我破坏了预先设定的几何形状，直到奥托把他的手（假如那是他的手，我认为是他的）放在我的脖颈上，没有用力，不是想鼓励或者阻止任何事情。在我陷入的那个灵魂的孤寂角落，我想，他只是原谅了我的一切。

早上，我和洛伦扎没有谈论这件事，下午和晚上也没有。我们各自下到旅馆的海滩上。这一天非常漫长，我们花了远超必要的时间收拾行李。晚餐的时候，我们远远地同荷兰夫妇打招呼。

这对大家来说都是最后一夜，没有再坐到他们桌边也很正常。洛伦扎从冷餐台上偷了一个牛油果和一个芒果，放进行李箱。我对她说，这些水果在机舱里会被冻坏然后腐烂，而且在洲际航班上携带水果是违法的，但她没有听我的。我不记得回到罗马后吃了牛油果或是芒果。也许她只是为自己带的。

三月，我脱离了那种沉迷创作的状态，决定奖励自己，到巴黎去找朱利奥，作证的时间也临近了。

仅差几个小时，我就会撞上发生在奥利机场的一次恐怖袭击，如今已经没有人记得这个小插曲：一个单独行动的恐怖分子偷了一辆雪铁龙，开去了机场。到达机场后，他袭击了一名女兵，抢走她的突击步枪，但没来得及做任何事情就被抓捕了。如今，像这样的袭击几乎不会在新闻里出现。不过，假如发生的时间不巧，就意味着你将置身瘫痪的机场，或者更糟糕，你的航班会被取消。

朱利奥到丹费尔公共汽车站来接我，然后我们一起走到盖特街。细雨倾斜着飘落，溅在他的眼镜片上，但他好像并未觉察。他问我是否参观过地下墓穴，我说没有。我们于是计划迟早一起去，不过那个周末肯定不行，他要照顾阿德里亚诺。毕竟这也是我来巴黎的目的。

"我们什么时候去接他？"我问，感觉这个时候说"我们"好像并不合适。不过朱利奥只是顺其自然："明天。"

阿德里亚诺不会留下来过夜。柯芭不希望孩子在外面留宿。

按照她的说法，孩子已经好几天不在状态。"在外面的意思是指在你家？"

"的确如此。"

假如朱利奥愿意，他本来可以在法庭上反对此类决定，据理力争，分毫不让。然而，他对我说，在他们这种离婚案件当中，必须选择进行怎样的战斗。"要避免战争升级，"他说，"现在你应该是这类问题的专家。"

我没有理会他对我那本书的影射，因为听起来像是一种嘲弄。朱利奥经常会以一种难以理解的方式提到我的工作，就好像他并不真的相信，好像我所做的一切都只是出于偶然。我问他选择了怎样的战斗。

"为阿德里亚诺注册一所意大利语学校。"

"柯芭不同意吗？"

"她希望选择一所巴黎的学校，以便孩子能够更好地融入周围的环境。这是一个堂而皇之的理由。但我觉得主要是为了更好地适应他的新继父。"

"她和什么人在一起了吗？"

"和吕克。至少两年了。一个相当右的人。而且非常富有。"

朱利奥担心的是，假如阿德里亚诺上了法语学校，他就不能辅导儿子写作业，而且会被排斥在他的校园生活之外了，而在此之前，他就已经被排除在儿子的日常生活之外。朱利奥的法语只是勉强应付的水平。在大学里，他和意大利人、俄罗斯人和德国人一起工作，始终在讲英语，而在大学以外，他的生活只需要极少的法语词汇。

总之，这一切就是为了说明，明天晚上我们有空，而且我们收到了一场聚会的邀约。

"书呆子的活动。"

"希望不要太书呆子。是去诺维利那里。"

与诺维利上次见面已经过去一年。除了关于瓜德罗普岛的那次超现实的交流以外，我们最多互发了十来条信息，几乎都是礼节式的。节日祝福之类的东西。有一次，他给我发了一个自己出版作品的链接，但信息是转发的，所以我觉得他通讯录里大部分人都收到了。

"他几乎成了明星，"朱利奥说，"法国公共电台请他去谈过几次气候问题，他似乎展现出一种意想不到的才能。很多人写信给那个节目，希望再次邀请他。至少他是这么说的。无论如何，他应该是受欢迎的。再加上他的意大利口音，很奇怪，法国人对这种东西情有独钟。事实上，他变成了电台的常客，现在几乎要对所有事情进行点评。诚实地说，我只在播客上听过半场他的讲座。不过，我告诉他你会来巴黎，而他很高兴你能参加生日聚会。当然是你没有其他安排的情况之下。"

"咱们得给他选一份礼物。"

朱利奥看了我一眼："我之前竟然没有想到。我担心我的社交无能是没救了。"

"演出门票可以吗？"我建议，"或者葡萄酒？"

"买块奶酪吧，奶油很多的那种。他超级喜欢。"

走到广场,我们绕道去了超市。我感觉送一块超市包装的奶酪作为礼物似乎不太好。我想到了洛伦扎会怎么说,不过物理学家和世界上其他人奉行的礼节不同,也就是极度朴素,我已经习惯这样做。

我们借机给自己买了酒、一些巧克力和两袋薯条。我们带着这些单身汉的最爱来到收银台。仅仅是看到它们堆在收银台的皮带上面,就突然使我感到年轻。我坚持要自己付钱,但我是客人,所以朱利奥不同意。他的语调突然严肃起来,说:"你来这里是为了帮助我。"于是我迁就了他,以免他感觉有亏欠。

后来,在他家的浴室里,我看到门把手上有几道划痕。我问朱利奥那是什么,而他还在摆弄长沙发上面的垫子,那里是我的临时床铺。

"几个星期之前弄的,"他停顿了一下之后说,"阿德里亚诺关在浴室里面了。"

"天啊。"

"确切地说,是他用钥匙把自己关在里面。他生我的气,我也不知道是为什么。我猜还是因为 iPad。他说不叫妈妈来他就不出来。一开始我没理他,但他在里面待了两个小时,然后是三个小时,始终待在里面。"

"三个小时?"

"他甚至不再理睬我。我把耳朵贴上去,就只能听到刮擦的声音,然后连那个声音也没有了。不知道为什么,我开始担心。"

我说我觉得原因相当明显。朱利奥像往常一样轻描淡写地说："什么事儿也不会发生，你也看到里面是什么样子，只有一个马桶。但那一刻，我真的非常恐慌，我开始用力拉门，不过就是打不开。也不能把门撞破，因为那样门会砸在他脸上。我一直叫他，一直叫他，但他就是不回答。而且，也快到把他送回柯芭那里的时间了。假如我不能按时出现，又会有没完没了的麻烦。"

我们都站在那里。朱利奥斜靠在窗前，似乎在对扔在地上的枕头说话。

"最后，我去找楼下的邻居，向他借了工具箱，然后把门锁卸掉。打开门的时候，我发现他睡着了，就坐在马桶盖上。我不知道他睡了多久，但在此之前，他肯定是在用钉子刮门把手。不要问我他把钉子放在口袋里做什么，我真的不知道。"

朱利奥把床单丢在沙发上，没有把边缘压到沙发垫下面。

无论如何，那一刻，他相当平静。"我们去吃饭吗？"

我们下楼去了那家黎巴嫩餐馆，然后喝醉了。在那种更加放松的氛围里，我任由他重新表现出对我那本书的兴趣。我没有再感觉到嘲讽，或者说并不在乎。就像预料的那样，尽管我全力以赴在这个项目上工作了两个月，但朱利奥掌握大量我一无所知的信息。他曾经独自到乌拉尔山脉靠近车里雅宾斯克的卡拉巴什小镇旅行。几十年以来，俄罗斯在那里秘密推进他们的原子能计划。从理论上讲，那座城市禁止进入，整个区域都有人在巡逻。不过，朱利奥在网上找到了一个组织恐怖旅行的人，于是没有费太多周折就到了那里。他随身带了一个盖格 - 米勒计数器，在所谓的"死亡之湖"附近，刻度从微西弗升到了毫西弗。"那是一个，怎么说呢，相当吸引人的地方。"他说。

"吸引人？"

"我能够感觉到某种黑暗的力量。不一定是邪恶的。这种力量来自辐射，抑或是历史。无论如何，我没有在那里停留很久，至少我这么认为。我希望那段时间不足以使我发生什么奇怪的突变，"他笑了笑，"当时我还没有阿德里亚诺，而且没打算要自己的孩子。我希望没有在无意中对他造成伤害。"

早上，我等在家里，朱利奥到院子里去接阿德里亚诺。雨下得比前一天更大，我担心这一天会非常漫长。我靠近窗户，见证了交接仪式。自从洛伦扎开始为欧金尼奥做同样的事情，我对此就有了某种间接的经验。不止一次，我躲在街道拐角处的车里，等着他们一起出现。上车之后，总会有一段时间的沉默，洛伦扎和我想留点时间给欧金尼奥适应他的另一半生活。

朱利奥家在三层，所以我和院子的直线距离很近。我看到阿德里亚诺扑到父亲身上，抱住他的腿，柯芭则躲在她的红伞下。她递给朱利奥一个包，朱利奥同样保持着距离接了过去。然后，朱利奥应该是说了什么令她生气的话，不过我只听到她的回答，因为她嗓门更高："我们已经买了车票！"

我开窗户时非常谨慎，只留了个缝隙，以便声音能够传进来。

"每次要决定如何度假的时候，"柯芭说，"每次你总能想到办法给我找麻烦。"

现在我也能听到朱利奥的声音:"给你找麻烦。你总是选择那些有趣的字眼儿。给你找麻烦。"

这下柯芭火了:"我们要上意大利语课吗,朱利奥?今天也要上?来吧,我准备好了!"

她告诉阿德里亚诺待在伞下,但孩子走开几步,开始用一根小树枝刮栏杆的边缘。表面上孩子像是在全神贯注做自己的事,其实注意力明显都集中在父母的谈话上。朱利奥让孩子先上楼,他很快就来,但阿德里亚诺再一次没有服从。

然后,朱利奥转身对柯芭说:"我提醒你,春假轮到我来带孩子。"

我想他是改变了主意,觉得孩子听到对他更有利。他非常冷静,而柯芭此时明显更加激动。"是吗?"她说,"是吗?"

"我们签署的协议里规定,假期要一分为二。你不记得吗?现在,考虑到……"

"去你妈的,朱利奥!"

这时,阿德里亚诺抬头望着母亲。我想他已经习惯了剑拔弩张的气氛,但我不知道这种习惯中是否包括直接的辱骂。

朱利奥用那种他典型的调侃口吻说:"棒极了!"然后把阿德里亚诺拉到自己身边,牵着他的手一起走进大门。柯芭叫了一声"宝贝",跟儿子告别。然后,她并没有立刻离开,而是一动不动地站在院子里,也许是注视着关闭的大门,至少我是这么想的,撑开的雨伞将她遮住了。她点燃一支烟,几秒钟后,应该是感觉到了从高处投下的目光,或者是等着阿德里亚诺从窗口出现。她仰起头，我们四目相对。柯芭并没有表现出吃惊，也没有笑，甚至没有挥手跟我打招呼。她仅仅是注意到我的存在。最后，她转身离开了院子。

在很多年里，研究员的流浪生活对于朱利奥和柯芭来说好像非常完美。相对于他们的收入来说，城市生活始终过于昂贵，但他们好像并没有因此而痛苦。他们的公寓家徒四壁，甚至没有花力气去装修，反正两年后就会离开。他们尽量在食堂吃饭，把所有钱省下来旅行。一旦有机会，他们就买票去非洲某个狂疯的地方，或者是巴布亚新几内亚。有一次，我去哥本哈根找他们，不夸张地说，两盒马拉隆[①]就这么跟钥匙一起胡乱丢在门口。

当柯芭知道自己怀孕的时候，朱利奥已经买好了去柬埔寨的机票。他们在她怀孕七个半月的时候出发了。双方家长都很生气，但他们不是那种看重父母意见的夫妻（至少那个时候不是。后来事情发生了变化，他们也各自后退一步，回归原生家庭的怀抱）。

在金边，他们租了一辆车，睡在青年旅馆和临时落脚点，有时在某个当地人家里借宿。他们不觉得还能以其他的方式旅行。柯芭只是注意多吃煮熟的蔬菜。尽管如此，她还是吞下了一条虫子。那时，他们已经去过吴哥窟，并决定北上老挝，进入人迹罕至的森林。一天早上，柯芭醒来的时候发着高烧，而且反复呕吐。或许也是因为太过紧张，他们在寻找医院的途中迷了路，进

---

① Malarone，疟疾预防用药。

入草木丛中的一条土路，这条路似乎没有尽头，通向虚无。沿途遇到的村庄甚至称不上是村庄，只是路边用泥土和金属搭建的窝棚。没有人能够告诉他们方向，只说继续往前走，往前走。天黑了下来。经过十个小时的车程，他们来到一个小镇，在那里找到一家急救站和药房。当时柯芭已经神志不清。

在罗马分娩之后，洛伦扎和我带着鲜花和送给新生儿的小毛巾去拜访他们，听他们讲述了在柬埔寨的旅行。言谈间他们似乎没有丝毫担忧，相反还拿那件事开玩笑，潜台词是在子宫里经历的这次冒险会让他们的阿德里亚诺成为世界的探险家。

朱利奥为周末制订了详细的计划。已经有好几次了，我注意到他是如何热衷于计划与阿德里亚诺在一起的时间，就好像害怕和儿子相处时会突然冷场，无事可做，也无话可说，仿佛那种冷场会导致一种二人都无法战胜的迷茫。我心里想，在我的监视之下，我们这个全是男性的三人组是如此不自然，是否也令他倍感压力。或许在写证词时，我应该指出他的焦虑，又或者这样的备注可能只会对他不利。

我给阿德里亚诺带了一份礼物，是那种桌面游戏：每次要从木制的平行六面体塔上抽出一根木条，但不能让它倒塌。看上去这是一个非常环保的玩具，肯定会对朱利奥的胃口。然而，没想到在另一个家里，阿德里亚诺已经有个一模一样的了。尽管孩子指出这一点时天真无邪，朱利奥还是批评了他。阿德里亚诺感到丢了面子，所以在第一局里表现得充满攻击性。我担心他随时会一下子把塔推倒。朱利奥不停地向我道歉。不过，在我们小心翼翼地让阿德里亚诺赢了三四场比赛之后，他忘记了之前的坏心情。

我们在奥德赛大街吃了一份可丽饼。那是一家装修成布列塔尼风格的餐厅，到处都是深色木头。在那里，朱利奥和我将所有注意力都集中在状况百出的孩子身上。我已经开始感到疲倦了，心想假如这是我的儿子，我一定会更严厉地管教。

下午，朱利奥计划参观卡地亚基金会组织的一场名为"动物大管弦乐队"的展览。艺术家伯尼·克劳斯周游世界，录制了各种生态系统的声音：从津巴布韦到加拿大，再到亚马孙腹地。他用"生物声学"这个术语来描述自己的实验。该项目明确地对人类行为提出批评，因为它从声学上对自然造成破坏。多年后，克劳斯又回到那些地方，发现他录音带中的数十种昆虫、爬行动物和两栖动物的叫声都已经消失。

我和朱利奥、阿德里亚诺一起走了一会儿，但他们的存在令我分神，所以我任由他们继续逛。我停下来用红杉树国家公园的声音给洛伦扎发了一条语音留言。几年之前我们去过那里一次，但我对那次旅行没有任何特别的回忆，只记得晚上返回租来的车上时，发现已经没电了，因为我忘了关车灯。停车场瞬间变得空空如也，我们孤零零地留在那令人焦虑的风景当中，直至深夜。期间只有一个亚洲护林员来回走动，后来他也完全消失了。当我们认命地准备接受在一辆熄火的汽车里度过可怕的深夜时，不知道从哪里出现了一辆巨大的卡车，上面满是红灯，后面斜挂着一辆和我们的车一模一样的闪闪发光的汽车。尽管疲惫不堪，我还是朝着海滩的方向一直开到黎明。洛伦扎在副驾驶座上睡着了，太阳从后视镜中升起，我则被我们仍然活着的欣慰，以及那个时刻的安静与完美所包围。

洛伦扎的回复是一个问号。她这么做是有道理的：她不可能通过伯尼·克劳斯那些鸟儿的叽叽喳喳和原木的吱吱嘎嘎，回想起那段共同的记忆。然而，我还是皱起眉头，好像她是故意表现得无动于衷。我不记得我们是否曾经如此疏远，不仅是身体上，也是日常生活中流动的思绪上。

我来到地下室，克劳斯在那里专门为太平洋准备了一个房间。房间漆黑一片，如同海底。朱利奥伸直腿坐在地毯上，阿德里亚诺把脑袋枕在他的大腿上。"他睡着了，"朱利奥小声对我说，"这倒是少见。"

我跪在他们身边。我们坐在巨大而漆黑的屏幕面前，注视着那些彼此组合而后分离的白色线条，那是大海的心电图。我们至少听了半个小时海浪拍打岸边以及海鸥和海狮的声音，最后是频繁出现的鲸类的秘密语言，直到我觉得那种语言熟悉到几乎可以理解。

诺维利家位于一栋奥斯曼风格的大厦顶层。他在门口等我们。透过电梯的玻璃,我看到他的身躯从脚到头逐渐出现。电梯门打开的时候,我听见他说:"快点,来吧。"

握手问候的时候,他说这段时间读了我的一些文章,包括那篇从舒尔特岛发来的报道,对于其中几处他有异议。他问我在巴黎能够逗留几天。"我明天回意大利。""太可惜了。我们本来可以共进午餐。"

假如事先知道这是一次正式晚宴,我们就不会这么磨磨蹭蹭。我们的座位几乎是唯二还空着的,此外就只剩下一个位置。尽管所有客人都礼貌地自我介绍,我还是觉察到空气里有一种不耐烦的味道。我们一共有十二个人。

对话几乎立刻分散成众多邻座客人之间艰难的交流:您从哪儿来,从事哪个行业,意大利美食和法国美食,以及其他国际性的餐桌话题,让人根本不知道应该讲哪种语言。好像只有诺维利的夫人卡罗琳娜真正在乎这一点,她用意大利语与所有人交谈。至于诺维利呢,他始终微笑着,把注意力平均分配给每个人。不过,他总是在整理衬衫的领结,这一动作透露出他的紧张。过了一会儿,他问:"咱们怎么办,继续等他还是开香槟?"

全桌宾客一致同意开香槟。我看了看朱利奥,他用表情回答我,他也不知道说的是谁。在给所有人倒香槟的时候,诺维利的小心稍显过分。

我跟左边邻座的芬兰老师谈了一会儿,他研究狄德罗。不过谈话并不热烈。总的来说,聚会进行得非常艰难。我们彼此之间并不了解,而且有理由怀疑座位分配也不太合理。有时,我们无意中同时沉默不语。在几秒钟的时间里,只能听到餐具叮叮当当的碰撞声。诺维利把我们送的奶酪端上来,没有摆上桌,而是放在自己旁边。他用手指捏起一块放在嘴里嚼嚼,然后说:"好吧,咱们开始猜谜。"

他向我们发起挑战,要我们说出印度洋中七个独立的岛国。于是气氛热烈起来,这时我们都已经喝了不少。马尔代夫、马达加斯加、塞舌尔、毛里求斯、斯里兰卡。前几个立刻被说了出来,当想法枯竭的时候,我猜中了科摩罗。还缺第七个。

很明显,问题中包含着陷阱。所有人都要求诺维利公布答案,于是他宣布最后一个岛国是巴林,因为从地理的角度来讲,波斯湾属于印度洋。反对之声四起。有人借此机会调大了音响的声音,一小群人开始跳舞,我们如同重获自由般离开餐桌。诺维利的女儿身穿睡衣闯进客厅,强迫父亲一起转圈。我想,这是一个充满生机的家庭。

与此同时,那个空着的座位始终空在那里。当门铃响起的时候,诺维利脱口而出:"终于来了!"卡罗琳娜和他一起到门口迎接客人，但出现在门口的是愤怒的邻居，他来抗议声音太大。卡罗琳娜用意大利语跟对方激烈辩论，诺维利转身对着我们，他无声地模仿着卡罗琳娜，活灵活现。房门再次关上时，他还是去调低了音量。

我点燃一支烟，走到狭小的阳台上。从那里可以看到远处埃菲尔铁塔的主干、蒙帕纳斯大厦，还有上面的信号灯。一位女客人后背靠着深灰色的墙壁，无动于衷地注视着风景。先前她坐在桌子的另一头，所以我们并没有交谈过。她主动与我攀谈起来，说我很棒，能够猜到科摩罗。

"其实我是随便说的。"

"我不信。我打赌你小时候是把首都名称都背下来，然后求大人来提问的类型。"

"据我观察，你是今晚聚会上最受欢迎的类型。"

"说来我还去过科摩罗呢。那里全是圣战分子。"

她给我点了一支烟，自己也点了一支，尽管之前刚刚抽完一支。她并不是诺维利的朋友，也不是他妻子的朋友，而是那天晚上才认识他们。像我一样，她也是被朋友拉去的。我问她在巴黎做什么，她说这是神风队巡回的一站。

她列举了最近几个月去过的城市：突尼斯、布鲁塞尔、柏林和莫斯科。尽管按照她的定义，她的工作核心是难民营，但其实是以报社特派记者身份追踪恐怖事件。"你想一个糟糕的地方，我护照上肯定有那个名字。"

她告诉了我她的名字。尽管尽力掩饰，但我对那个名字一无所知，这一点应该是表现得非常明显。库尔齐雅耸了耸肩："我朋友是驻站记者，她的确很棒。此外，她的工资是我的三倍，他们还给她在玛黑区租了一套很棒的公寓。"

"我看你也不赖。"

"胡扯！"

"他们让你满世界跑。假如你不能干，他们不会这样做的。"

"他们把我支使得团团转，是因为我愿意去那些地方。而且雇用我成本比较低。"

我们两个人都抽完了烟，但都不打算离开阳台。她拿出一些大麻。在她卷烟的时候，我问她是从哪儿弄到的，她刚刚还对我说自己到巴黎才短短几个小时。她说："你根本无法想象我打交道的是些什么人。"

有那么一刻，我想象着挤满阿拉伯移民的郊区，塔楼和瞭望台，以及其他所有的一切，那些乘坐大区快铁时隐约看到的危险街区，我仅仅在电影里见过。我给她讲，上高中的时候，我和同班的一些女生从利古里亚的一个村子到另一个村子走了几十公里，就为了找个人卖烟卷给我们，之后我们又是如何彻底沮丧地两手空空回到露营地。"我知道我有点太小资产阶级了。"我说。

库尔齐雅小心翼翼地朝里面看了看："没来的那个人是法国电视台的。按我朋友的说法，诺维利想实现飞跃。不过，今晚他失败了。你关注他的推特吗？他在那里也搞这套猜谜游戏。还挺有趣的。"

"那我会关注他。"

"你并不一定要这么做。"

她说这话时非常生硬,好像突然情绪大变。片刻的尴尬之后,我们又开始谈论她。我问她,在特派记者的生涯中,追踪过的最可怕的故事是什么,她就讲了一个用砍刀肢解尸体的恐怖故事。我几乎要跟她谈起斩首视频,但出于某种原因,我觉得有些小儿科,所以就忍住了。库尔齐雅说,虽然并非出于本意,但她已经成为一名武器专家。她相当肯定,假如车库里有所有的必需品,她一定能组装出一个中等威力的炸弹,而且使它发挥效力。最后她说:"我不是那种人们在聚会上愿意搭讪的女人。"

她的影射造成了片刻的尴尬,至少对我来说是这样。为了消除这种尴尬,我问她有没有想过,假如一群恐怖分子拥有了大规模杀伤性武器,会发生什么?

"哪群恐怖分子?"她不耐烦地问。

"我不知道,基地组织或者'伊斯兰国'。"

"基地组织和'伊斯兰国'与此毫无关系。索马里青年党和博科圣地也是一样。"

"好吧,"我说,"我收回这个问题。"

"另外,是什么武器,细菌战的那种吗?"

"比如核弹头?"

库尔齐雅贪婪地抽着自制烟卷,眯起眼睛,作出对这个话题了解颇深的样子。

"假如某个组织真想要,就能搞到。巴基斯坦的核项目至少有十年了。那里并非所有人都是温和派。不过,原子弹更像是一个累赘。假如你拥有而不使用，你就会失去信誉。而假如你使用的话，那么……你就要准备好承担后果。为什么你对原子弹这么感兴趣？"

"没什么。我正在写与此有关的东西。"

"真是神秘。"

她把一支卷烟竖起来递给我，但我已经不想再要了，于是她就往空中一丢。聚会和我们的对话一眼望到头的可预见性仿佛突然间使她感到厌倦。她望着地平线说："这是他妈的什么城市啊。"然后她从我身边经过，身体靠在门框上，邀请我回到屋里。

卡罗琳娜关上灯，然后蛋糕端了上来。诺维利用法语说了几句感谢的话。他也喝高了。

库尔齐雅身穿一件雪尼尔长袍，让人很难忽视她的存在。借助蛋糕上闪闪发光的小星星，我注意到她在女性朋友耳边说了些什么。我猜是对诺维利的评论。的确，他和妻子一起摆姿势供大家用手机拍照的时候，显得非常搞笑。她从人群中挤过来，在经过我身边的时候，她说："我要走了，你一起吗？"我嘟囔了几句，提到朱利奥，她冷冷地打断我："那么再见吧，小资产阶级。"

大约一个小时之后，当我们回到家，我对于某种不确定的东西感到愧疚。或许是对于"错过机会之神"的愧疚，我好像特别擅长令机会之神失望。我很清楚，酒精加上大麻会给我造成不良影响，不仅仅是身体上的不适，还有糟糕的心情。第二天，我的状况会非常糟糕。可是,我来这里有一个明确的使命,那就是帮助朱利奥和他的儿子。与他相关的那种后悔相当矛盾,因为是他带我去参加聚会的,现在我们一起回来,他却非常清醒。

第二天早上阿德里亚诺来的时候,我还没有起床,就躺在沙发上听着他们蹑手蹑脚地活动。偶尔阿德里亚诺会大声说点什么,很明显是想叫醒我,但朱利奥会立刻让他闭嘴,而后他们又开始窃窃私语。他们只在家里待了尽可能短的时间,随后我听到房门打开,然后又关上。那时候我已经醒来,但我磨蹭了一会儿才起床,然后冲澡和吃饭。

当我到公园去找他们的时候,已经是中午。朱利奥从游戏区域的围栏里走出来,问我是不是一切都好。他说:"我希望没有吵醒你,我们已经尽量轻了。"

"没有。"

"确定?"

他的过分殷勤让我恼火。我真想摇晃他,向他吼:"你怎么他妈的这样黏糊?能不能不要总是道歉?你不知道这样她会活剥了你吗?"

"别担心。"我说。

三个女孩在玩一个杂耍游戏,互相挑战。她们轮流站在椅子上,然后把脚放在靠背上,头朝下,尝试着缓缓向地面滑。她们都绊倒了,但不停地笑。我多么渴望拥有她们那种无忧无虑,尽管我完全不明白到底是什么阻止了我。我并不需要承担责任,也不需要为任何人做出榜样,生活建议我始终作为一个少年,甚至没有给我选择的权利。假如我和女孩们一起玩这个椅子游戏，也不必害怕有人取笑我。那又为什么要如此装腔作势呢？为什么我和朱利奥一样，双脚都陷入麻烦？为什么要一边希望彻底变为成年人，一边又不停地羡慕青春？

十五岁游学的时候，我结识了一个女孩。她比我大。在英国度过的那两个星期里，她把我从一个小男孩变成了少年。表面上看，她仅仅是更换了我耳机里播放的音乐，也就是将歌曲列表从令人尴尬的重金属变成了更加时髦和阴沉的音乐。夏末，我到斯佩齐亚去找她。那两天的经历令我在随后二十年中魂牵梦萦，而这些梦可能完全改变了事情的真实性。

无论如何，这个名叫 C 的女孩用摩托车载着我从她家出发去莱里奇。我从来没有坐过摩托车，所以她不得不向我解释一切：如何上车，如何抓牢，如何在拐弯的时候避免失去平衡；我也从来没有去过莱里奇，而且直到那个年纪，我都没在海里游过几次泳，这可能显得很奇怪。

我们从礁石上滑入深蓝色的海水中，肩并肩漂浮在水面上。后来我写了一首非常简短的诗，用来描述那个时刻，那是我一生写下的唯一一首诗，标题是《八月二十九日，莱里奇》。我没有涂防晒霜，所以担心被晒伤，那几年我确信自己经常被晒伤。不过，先是 C 的母亲，然后是她本人，都笑话我说："八月底，在利古里亚不会有人被晒伤。"

我们回到她家。午饭之后，我斜躺在她床上，而她在帮我复制一盘磁带。我昏昏欲睡，《女巫狂欢》正在播放。我感觉很热，而且不能肯定肩膀有没有被晒伤，因为那里正在发热。距离我两步以外，C还在摆弄磁带播放机，我只需伸手越过床铺，就可以摸摸她的头发，至少可以让她转过身来，考虑放弃磁带，而是靠近我，甚至躺到毕竟属于她的床上。我一再想象着这样做，仿佛看到了伸出去的胳膊和随后的一切。然而，我任由自己沉浸在那种隐秘的温柔中，不敢采取任何行动。在歌曲结束之前，我有了一次遗精，这是我一生唯一一次发生在白天的遗精。

我在网上搜到了与卡罗尔和我擦肩而过的水母，俗称"海肺"，而学名比较复杂，叫作肺状根口水母。它可以生长到惊人的大小，与人差不多，接触后最多造成短暂的刺痛。欧洲周边海域盛产这种海肺，未来可能会越来越多。鉴于历史数据匮乏，这方面的证据并不可靠，但很多海洋生物学家都同意这种假设，气候变化的后果之一就是水母的过度繁殖。

每当我试图重建二〇一七年春夏的生存状况，海肺就会出现在我的脑海里，纯粹是由于二者之间的相似性。这与某种被动性有关，也就是水母的随波逐流，只做出最微不足道的抵抗。

比如说，假如不是我回到罗马之后仅仅几天就发生了一起恐怖袭击，假如那次恐怖袭击不是发生在库尔齐雅和我在阳台上相遇仅仅数小时之后，我就不会想到在推特上搜索她，看看她是否去了伦敦。在确认之后，我也不会关注她，她也不会在一分钟后回关我。我也就不会想到发私信问她是否一切安好，不会把自己反锁在卫生间里，我们交流的话题并不私密，但又是私密的，因为在分享这样骇人听闻的紧急事件时，能够感受到一种刺激而又独有的回味。最后，我也不会在从卫生间出来之前，小心地逐条删除那些信息。

在威斯敏斯特桥上，五十二岁的哈利德·马苏德开着一辆几小时前从企业租车公司租来的日本汽车，突然冲上人行道。专家的报告显示，汽车当时的速度是每小时一百二十公里，将行人撞飞到空中，还把一名妇女从护栏撞入冰冷的泰晤士河；之后车子就撞向议会大门。马苏德当时应该非常兴奋，因为弃车之后，他企图步行逃跑，在被射杀之前还砍死了一名手无寸铁的警察。整个袭击持续了八十二秒钟。

随后的几天，库尔齐雅在发给我的信息中提到了他。她在英国追踪马苏德的足迹，然而当调查结束时，无论他的行为具有什么深刻的动机，库尔齐雅仍然一无所知。袭击与主要的恐怖组织或者"伊斯兰国"都没有明显联系。马苏德在沙特阿拉伯教英语。他在继父身边长大，有时会用他的姓，有时则不用。在他个人经历的哪个角落中隐藏着无差别杀戮的冲动，并不为人所知。

斯德哥尔摩、圣彼得堡，然后是巴黎，接着又是伦敦，那一年中众多的恐怖袭击使库尔齐雅和我之间建立了频繁的信息交流，尽管今天回想起来，我们的交流无论如何都会延续。这种交流很快开始涉及其他领域，而且转移到 WhatsApp 上面。我们的聊天记录从来不会出现在列表上，因为我当场就会删除。在交流中，她表现出和我们在诺维利家阳台上唯一一次当面交谈时一样的辛辣，但不知道为什么，她的文章并不具备这种特质，所以几乎总是缺乏个性。针对某种做新闻的方式，她那种方式，我们谈论得很多。那种不断地从一座城市转战到另一座城市，靠节省伙食费来维持每日收入的做法,在这个社交媒体的时代已经不太有意义。"对于你没有意义,因为你已经是一个富有的资产阶级,"库尔齐雅在短信中写道,"我向你保证,对于我来说是有意义的,我费劲巴拉才走到这个位置,而且无论如何还需要支付那间我从来不住的房间的房租。"心情好的时候,她把我称为"坐在沙发上的记者",恼火的时候就叫我"篡夺者"。我试图反唇相讥,将她称为"'伊斯兰国'新闻办公室",或者"大有前途的纳税人"。她说"去你妈的",然后道"晚安"。

几小时之后,当我从睡梦中醒来,手机上已经收到她入住的酒店房间照片,上面会有些古怪的细节:卫生间的淋浴器,地毯上令人担忧的污渍,被某人丢弃在床铺下面已经干涸的避孕套。库尔齐雅从来不拍她自己,但总是设法使照片上有她的某种存在,就好像是出于疏忽:涂了指甲油的大脚趾,或者抓着什么东西的两根手指。

当时,我们两个人都相信自己被恐怖主义麻醉了,而且并非唯一被麻醉的人。Ins 上的 #PrayFor 标签越来越失去力量。过去两年,我们不断地为某件事祈祷,而在我们时下生活的世界里,没有什么可以祈祷的,只需要接受。

不过,五月发生在曼彻斯特竞技场的爆炸案有所不同。炸弹在少年少女们参加的音乐会上爆炸,其中很多人还那么年轻,由母亲陪同参加。伴着流行音乐的节奏,血流成河。

库尔齐雅在曼彻斯特逗留了近一个星期。第三天晚上,她精神崩溃了,一动不动地待在电脑屏幕前,几个小时无法动笔。她在竞技场周边和医院外围度过了整个下午，试图偷听受害者亲属的谈话，向他们提问。在语无伦次的交流当中，她说问的都是在她看来没有意义，甚至令人发指的问题。他们能说什么呢？有他妈什么好说的？

报社希望她向受害者家属询问有关兔子耳朵的问题，也就是爱莉安娜·格兰德舞台面具上的兔子耳朵，而现在穿上丧服，兔子耳朵变成了那次大屠杀的象征。人都被杀了，我们还在谈论兔子耳朵，你能相信吗？

库尔齐雅的话失去了任何讽刺的能力。她感到一种强烈的恶心，但无法呕吐。九点钟报社就开始电话轰炸她。她发誓说文章快写完了，其实是在撒谎，因为她连一句话都没写。她从迷你吧里拿出三瓶烈酒，以舒缓紧张的情绪，但仍然无法集中精力。在这种混乱的情绪中，她给我打了电话，于是我躲进卧室接听。她惊慌失措，一遍遍地说："他们再也不会要我写了。"

我建议她给主编打电话，实话实说，告诉他她那天无法交稿，或许她压力太大了，这种情况在任何人身上都会发生。

"你以为他会在乎吗？对于他来说这只意味着报纸开天窗！"

有好一会儿，她气喘吁吁，不时蹦出几个字："我怎么办，怎么办？"我一边听着，一边盯着卧室关闭的房门，仿佛那里随时会出现什么东西。出于一种愚蠢的谨慎，我没有开灯。

我让库尔齐雅讲讲白天去了哪里，列举一下去过的地方和谈过话的人。她颠三倒四地讲给我听，不过我们还是选出了两三个有意义的瞬间。我告诉她，就像她给我讲的那样，把那些事情写下来,然后把稿子发出去。可是,她坚持要我先读一读。她完全失去了自信,甚至连拼写都不确定。所以,我在房间里那种昏暗且有罪恶感的气氛中又等了二十来分钟,越来越担心该如何就自己的行为向洛伦扎辩解。

库尔齐雅发给我一篇文章,我仔细地读了。她说现在感觉好多了,会出去吃点东西,因为已经不记得上一次吃饭是什么时候,还说我刚刚拯救了她的生命。在走出房间之前,我删除了那些信息。

"他来了,"欧金尼奥看到我就说,"咱们问问他吧。"

他们正坐在电脑前,洛伦扎的身体稍稍前倾,像是聚精会神地在屏幕上寻找什么。她没有转身,也没有说话。我走过去,欧金尼奥把表格上的一行字指给我看:"我们需要上传这个文件,但它不接受。"

"我怀疑电脑是否有任何偏好。"我说。

为了缓和气氛,我把一只手放在他的肩上。欧金尼奥没有动,甚至表现出些许抗拒。几周以来,洛伦扎一直在吃力地办手续,以便送欧金尼奥到美国去读高中四年级。官僚主义向来令她光火,而这套手续的复杂性简直闻所未闻。大部分表格是为了免除组织方的责任,此外还需要英文介绍信、账单、保险单、成绩单,还有涉及欧金尼奥饮食、运动、文化和社交等方面的偏好,以及关于语言和人际交往能力的无尽表格。每一页文件都需要下载、填写、扫描,最后再上传到网站,一共包括十个连续的步骤，而且越来越复杂，就像电子游戏中的关卡。

最近的几个晚上，他们都是这样度过的：两个人坐在写字台前，紧张地一起对付电脑，而我则远远地坐在一边。不过，那天晚上，欧金尼奥说："妈妈，来吧，让他试试。"于是，洛伦扎站了起来，然后我坐到了她的位置上。

坐在欧金尼奥身边的感觉变得很奇怪。如今，他已经有了成年的身体和特殊的气味，我不能肯定仍和孩提时相似。我闻出他抽了烟，然后嚼了一块口香糖。每天晚饭之后，他都会站在自己卧室外的阳台上这样做。这成为他个人的一种仪式，而我们假装不知道。我们的很多让步都因为他毕竟是父母离异的孩子，有权得到更多的宽容。然而，在那一刻，我不得不提醒他已经与一个组织签订了合同，合同中他承诺在美国期间不抽烟。

"否则他们就会把我送回来，我明白。"他低声说。

我看不出他对将要在国外度过的那一年有什么感觉，但我认为他既不反对也不热衷，更多是对于一种愿望的温顺服从，那种愿望更多来自洛伦扎，而非他自己。

"合同上还说禁止做爱，"我对他说，为的是制造一点男人之间的默契，"等待你的会是艰苦的一年。"

他冲着屏幕笑了笑。谈论性令他感到尴尬，尤其是以如此直接的方式。他的感情生活包裹在一团迷雾当中。他似乎没有感觉到任何与人分享的必要，甚至包括我，尽管我的角色介乎家长、大哥哥和意外的室友之间。

"这个文件首先需要格式转化。"我说。

"为什么?"

"看看扩展名列表。你要上传的表格的格式不同。"

我们完成了这一步,接着是另一个表格。

欧金尼奥猛地往椅背上一靠:"他妈的,又是一个表格!"

"要是你愿意的话,咱们一起填。"我提议。我知道,这份殷勤只是对我刚刚在房间所做的事进行扭曲的补偿,但欧金尼奥并不明白这些,好像松了一口气。

"用三个正面和三个负面的形容词来描述你自己。"

"我讨厌这些问题。"

"你说得对。来吧,说三个形容词。"

"孤独,强迫症。"

"第三个呢?"

他犹豫了一下,又说:"自命不凡。"

"好的,那么负面的形容词已经有了。"

"实际上这些是正面的形容词。"

我注视着他,明白他这样说是认真的。"那么我来给你提个建议吧:富于想象,幽默感。"我想不出第三个,因为总是想到"固执",但我不能肯定这可以和优点放在一起。"还有呢?"欧金尼奥催促我。

"洞察力。"

"什么洞察力?你觉得我有洞察力?"

"我觉得你有。"

他微微耸了耸肩,仿佛接受了我对他的评价,尽管并不认同。我感觉到洛伦扎悄悄出现在我们身后,她确实在那里,手里端着一个盘子。

"那我就写上洞察力。假如你之后想到更好的,咱们再回去修改。"

然而,欧金尼奥好像在走神,心不在焉地注视着屏幕。他说:"你觉得,美国家庭真的会限制我的上网时间吗?"

在生物学中，照顾他人的后代被称为"异亲养育"。几年之后，这种做法会使我成为欧金尼奥的"异亲爸爸"。这不算一个真正的定义，但至少是中性的，并没有"继父"这个词中包含的贬义。根据动物行为学家的观点，异亲养育在动物之中并不普遍，因为从演化的角度来看，这种做法不能提供任何便利。只有母狮、某些种类的黑猩猩以及领航海豚除外，后者偶尔将其他动物的后代驮在背上，在海洋中打转。总的说来，动物更倾向于撕碎其他动物的后代，而不是去照顾它们。

刚开始和洛伦扎交往的时候，我并不知道欧金尼奥的存在，甚至在她把一顿完整的晚饭盛在特百惠饭盒里带到我家，说想给我做饭的那天晚上，她也没有提起，这可能显得有点奇怪。那天晚上，当她后来急急忙忙从床上起来，穿衣离开，而不是顺理成章地留下来过夜的时候，也没有以这个理由为自己辩解。我曾经很多次问自己，她的这种疏忽是否意味着，在我们开始交往的时候，存在着某种欺骗。不过我也明白，洛伦扎并非有意为之。在那个时期，她以两种方式存在：一种是欧金尼奥的母亲，一种是我的女友，而这两种状态之间不可能存在联系，因为任何僭越都意味着失去在一起的希望，何况我们的关系本身就已经危机重重。

从另一方面来讲，我的内心也很分裂。我需要花很大力气来消化我们之间的年龄差距。我二十六岁，而洛伦扎已经三十多岁。跟当时的朋友——包括朱利奥——谈论她的时候，我能感觉到他们的反应很奇怪，继而也觉得自己很奇怪。我发现自己会做很多计算：等我三十岁的时候，她就快四十岁了；我四十五岁的时候，她快五十四岁，以此类推。然后，我观察了四十五岁的男人和五十四岁的女人，对自己说这行不通。即使我们还能保持那种精神上的特殊默契，身体也不再允许。作为成年人，我们会非常可笑。就好像在遇到洛伦扎之后，我面临着对于年轻男人来说最严厉的戒律：不可爱上比你年长的女人。

我们交往至少一个月之后，她给我发了一条短信，约我在酒吧见面，说是要把一个非常重要的人介绍给我。那个形容词，重要，足以将前面几周那些散落的征兆都汇集起来，继而组合成一个信息。所以，第二天，当我向洛伦扎和欧金尼奥坐的那张桌子走去时，真的并不吃惊。

欧金尼奥正在整理他收藏的一套叫作"魔力"的游戏卡牌。我坐下来的时候，他仍然在静静地继续。他并没有看我，但我能觉察到他有多么警惕。他指着其中一张卡片上的怪物，向我解释它所具有的力量、生命值以及防御和进攻的技能。随后，又给我讲第二张牌，然后是第三张、第四张。假如洛伦扎试图打断他，他就提高声音，但并不停下来。我装作对那些怪物感兴趣，为了打乱他的计划,我胡乱把怪物指给他看,但欧金尼奥并不任由我得逞。他斜眼看看那些卡片,然后对我说等等,我们还没说到那些。当我要求他送给我一张卡片的时候,他先是犹豫了一下,然后把脑袋从一侧移转到另一侧,说:"不行。"这时,洛伦扎生硬地打断了他。在那次见面接下去的时间里,欧金尼奥一言不发。他的眼睛死死盯着活页夹,就好像我们把他的一切都毁了,好像我们这些大人把他的幻想世界也毁了。

从那天开始,我被允许进入他们的家,不过得非常谨慎。假如打算在那里过夜,洛伦扎和我就表演一幕小话剧:晚餐或者电影结束后,我向他们告别并离开那个家。我在住宅区里游荡半个小时,绕着同一个街区转好几圈,等待上楼的许可。第二天早上,我一动不动地躺在床上,卧室的门关着。我听着吃早餐和洗脸池流水的声音以及上学前的所有准备。有时,欧金尼奥会和他妈妈说起我,而我觉得自己是无形的,仿佛一个困在房子墙壁中的幽灵。我们没有明确的计划,不知道什么时候该告诉他实情,也有可能我们不愿意告诉他实情,而是宁愿他从日常生活中觉察出来。我们觉得这样对他造成的伤害更小。又或者是对我们自己造成的伤害更小。

然而,一天夜里,我睁开眼睛,发现在黑暗的卧室中,欧金尼奥就站在我面前。他呼吸急促,可能是做了噩梦。我们安慰了他,然后哄他睡觉。第二天早上,我还是像往常一样藏在卧室里。我不知道他的短期记忆是如何运作的,也不知道欧金尼奥会不会真的认为在母亲房间看到的我是梦境的一部分。无论如何,他并没有说起这件事。

那次"事故"发生几个月后,我即将出门旅行。我走进他的房间跟他道别。欧金尼奥不情愿地在我面颊上亲了一下,然后又去摆弄那些魔法卡片。然而在某个时刻,他从地上捡起一张卡片,好像是临时决定,把那张卡片给了我:"拿着。"那张卡片上面是豆子巨人,一个满身绒毛、长着异形脚丫的人形怪物。介绍文字非常含糊:"豆子巨人的力量和防御能力,等同于你控制的土地数量。"我问他豆子巨人是不是很强大,他说还可以吧。当我感谢他的时候,他执意强调说,那张卡片他有两张。

那张豆子巨人的卡片,我带了十年,就放在钱包内侧的夹层里,直到在罗马埃斯奎利诺市场的一家餐馆里,一个骑摩托车的扒手在我眼皮底下拿走了钱包和手机。我不小心把它们放在了桌子的最边上。当我冻结了银行卡,又激活了一张新的,然后办了一张和之前号码一样的电话卡,在新手机上煞费苦心地重新输入所有验证码之后,才发现那张豆子巨人的卡片是唯一无法挽回的损失。如果能请小偷帮个忙,我会让他归还那张卡片。很多次我都差一点把这件事情讲给欧金尼奥听,但他甚至不知道我还保留着那张卡片。他可能都不记得那个巨人的存在了。他会觉得我很做作。

为了庆祝欧金尼奥出发去美国,我给他买了电台司令乐队在佛罗伦萨的演出门票,而且多买了一张,给他想要邀请的人。我意识到,电台司令的演唱会更多是为了纪念我的十七岁,而不是他的。但尽管并不愿意,他也已经听我说过许多关于电台司令的事。无论如何我们都需要加深我们之间彼此都别无选择的关系,通过一起做一些事情。再说,我也找不到别人一起去听演唱会。

最终,他邀请了一个同学,名叫萨拉。他们在车上几乎没有说话。我想,假如我是他,在十七岁的时候和一个女性朋友同坐在继父的车上,我会觉得对她负有责任,而且一路都如坐针毡。然而,欧金尼奥和萨拉表现得若无其事。他们有一句没一句地交谈,然后轮流戴上耳机,让自己与世隔绝。

我不太熟悉这类演唱会,所以要求他们提前很久出发,结果我们几乎是最早到的。在中午一点的骄阳下,沿着障碍物围成的甬道向前走,炎热难耐。欧金尼奥和萨拉躺在草地上,面色焦黄,神情恍惚。我为在那里等待的几个小时感到担忧,于是考虑要不要先离开,带他们去参观佛罗伦萨市中心,至少是圣十字教堂和圣若望洗礼堂。不过,从停车场走出来和通过安检已经令我筋疲力尽,所以我放弃了。

欧金尼奥和萨拉向卖食品的摊位走去。演出场地里施行以代币为基础的循环经济系统。只有用钱购买了代币,才能再去买食物、饮料和商品。我不知道原因何在,是电台司令的天才想法之一,又或者代币仅仅是让人们更多消费的噱头,但出于对欧金尼奥和他朋友的过分热情,我购买了太多的代币,以至于几年后我还会在车里发现几枚,要么在地毯下面,要么卡在座椅旁边。那些古老而又无用的塑料钱币,是那个距离我们如此近却又已经结束的时代的遗物。

当听众们开始涌进来时，我们站了起来。大家都聚集在前面。我发现欧金尼奥十分高兴，于是感到某种满足。不仅如此，他异常激动，萨拉也是。他们没有参加过这么大规模的演唱会。

歌手还没有登台。我转过身去，注视着之前还空荡荡、一眼望不到头的场地。现在我们身后是一大片人头。不仅仅是想象，我甚至看到一个炸弹爆炸。我意识到，身处我们所在的位置，是无法逃生的。我们会被困住，被人群裹挟，被各种障碍物压住。我对欧金尼奥说最好向后退，转移到混音器那里去，无论如何要远离人群。他一脸不解："我们特意等了这么多个小时！"他建议我说，如果愿意，我可以离远一点，结束时再会合。

与此同时，詹姆斯·布莱克已经登上舞台，人群更加激动。我不能离开，不能抛下他们。音乐响起，周围的身体开始移动、摇晃。我被迫接受那些撞击，身体突然变得僵硬。我分辨不出音乐，而是专注于另一种声音，一种仿佛从我的内脏迸发出的轰隆声，我称之为焦虑本身发出的声响。我被演唱会带来的欣喜，以及它随时会变成的寂静和灾难的景象所包围，就好像眼前的现实与另一种可能的现实之间界限微乎其微。

局外人的感觉最多持续了几分钟，可能更短，只有几秒钟，然后就消失了。不过，那种感觉的确曾经存在，而且它的余波持续了整个演唱会，甚至直到之后开车行驶在黑暗的高速公路上、欧金尼奥和萨拉像孩子似的在后排座位熟睡的时候。世界上发生的恐怖事件真的非常令人难过。

"世界上发生的恐怖事件真的非常令人难过。"这句话是特朗普在那个月初说的,而不是我。在他发表演讲之前几小时,一个男人带着一支突击步枪和一瓶汽油冲进马尼拉的一家赌场。他一边拼命射击,一边把汽油浇在赌桌、老虎机座椅和地毯上,把一切都点着了。造成的破坏非常之大,以至于在袭击发生之后混乱的几个小时里,有传言说冲进"马尼拉云顶世界"的有好几个人,而实际上只有一个:杰西·哈维尔·卡洛斯。最终统计的死亡数字是三十八人,主要是由于踩踏和窒息,其中包括卡洛斯本人。他生前的最后一张照片是坐在燃烧的大楼台阶上,脸上没有遮挡,戴着一顶黑色帽子,神情恍惚,好像正在休息。

袭击发生在六月二日,但特朗普是在前一天,也就是美国时间六月一日玫瑰园新闻发布会的开场白中提到马尼拉袭击的。对比一下日期,会有一种奇怪的时间倒转的感觉,好像特朗普正在谈论某件即将发生的事情。实际上,这仅仅是马尼拉和华盛顿之间正常的时差。特朗普庄重而又仓促地表示,他对世界上发生的恐怖事件非常难过,然后就转入下一个话题。

此外,他在那里也不是为了谈论恐怖袭击和菲律宾,而是为了宣布美国决定退出前任总统奥巴马签署的《联合国气候变化框架公约》下的《巴黎协定》。特朗普不喜欢环保政策并不奇怪，但这个决定令人震惊。特朗普特别强调了 withdraw（退出）一词：美国将退出关于气候变化的《巴黎协定》，观众中立刻响起掌声。总统又说了几句话，大致意思是可能会就新协定进行磋商，随后就更加粗暴而铿锵有力地说："So we're getting out（所以，我们要退出）。"

鉴于我曾经作为特派记者参加巴黎联合国气候变化大会，报社打电话询问我的看法。我明白，如果由我来写这篇文章，我会任由自己被悲观情绪淹没。没有美国的加入，就不可能对抗全球变暖。这不仅仅是因为美国占总排放量的五分之一，也是因为特朗普的讲话表明了任何关注气候危机的人都心知肚明的一点：减少我们对地球影响的巨大集体努力，是一项绝望的事业。任何国家的承诺都可能随时被撤销，而事实上，这种情况刚刚发生。

不过，在文章里讲述那些关于失败的幻想是不合时宜的。我向《晚邮报》的副主编提议做一篇访谈。我认识一位旅居法国、颇有名气的意大利气候学家，他的观点肯定比我的有趣。

第二天早上，报纸刊登了对诺维利的采访，开头是带引号的简洁句子："数据不会说谎。人们有时会这样做，但数据不会。数据就是数据，仅此而已。把准确的数据给我，我就能告诉你们世界的真相。"

对于谎言的指责，明显是针对特朗普以及所有那天在新闻发布会上鼓掌的人。不过，事实非常清楚，诺维利想要把一个更广泛的群体——甚至是全人类的一部分——纳入骗子的范围。在我们的谈话中,他多次提及民粹主义思潮及其反科学的论调。很多年以来,这些思潮在欧洲,尤其是意大利,获得越来越多的信任。他说得非常直白,以至于在文章的修改阶段,我发现自己不得不淡化一些语气,甚至是将某些句子完全删除。不过,事实上可供我支配的空间也只有五十行,而我们在 skype 上的谈话持续了一个多小时。

诺维利对我说:"我研究云,研究它们如何形成、迁徙,以及如何对气候产生影响。那么,您知道我们意大利的议会提出了十四个关于化学尾迹的动议吗?十四个。也就是说有十四次,我们的一位议员在议会大厅中起立,讨论关于飞机在大气中留下的神秘物质的假设,从而控制我们的思想。"

"不过呢?"

"不过什么?"

"飞机经过的时候,我们看到的那些在天空中留下的痕迹是什么?"

"凝结。热空气迅速冷却。没有什么神秘之处(不要问我您已经知道答案的问题)。"

括号里那句话,属于那些我没有写进报道的句子,只是保留在我的文档里。

诺维利说:"不知道您是否读了《时尚先生》上那篇关于气候学家心理状况的研究。事实证明,我们是最容易患上抑郁症和各类情绪障碍的科学家。您知道最新发现是什么吗?创伤前压力综合征。心理学家就是这样命名的，或者叫作卡桑德拉综合征。这应该就是每当显示器上出现一张图表时我们的感受，在那张图表上，我们会看到未来。也是当我们试图将那些信息传递给外部世界——市民、媒体和决策者时的感受。假如您想从我这里得到对于我们生存的这个时代的确切定义，那就是：创伤前时代。"

"那么，今天您感觉怎么样呢？"

"今天是糟糕的一天，就是需要在日历上的日期下面点个黑点儿的那种。不过不是黑暗的一天。有些日子比今天更加黑暗。今天至少还存在普遍性的哀痛，使我们觉得没有那么孤独。"

诺维利向我展示了前一年的数据，还又一次强调数据不会说谎。最令人担忧的数据与海洋有关。任何人都不曾考虑海洋的问题，但气候变化在那里表现得最为明显。阿拉斯加港湾的海水温度急剧升高，造成大量有毒海藻的繁殖。

"您听说过这件事吗？"

"没有。"

与此同时，加利福尼亚一共发生了七千场火灾，损失达两千六百万棵树木，估计经济损失达到五亿美元。中国武汉的降水量惊人（在完成采访之后，我在地图上查找了武汉的确切位置，并确保拼写正确，尽管这在现在听起来很荒谬），即使考虑到目前厄尔尼诺现象引起的波动。

诺维利继续说："这些是数据，然后是人，以及他们的谎言。"

我隐约可以看到他背后是我去过的公寓。我问他我们需要适应怎样的世界；他有些不耐烦地回答："就是我刚刚给您描述的那个世界：一边渴死，另一边涝死。您熟悉渐进主义概念吗？"

"恐怕不太熟悉。"

"我们所有人都怀抱一种渐进主义的思想：假如事情始终在以某种方式发展，那为什么现在一定要改变？人类在同一个星球上生活了二十万年，难道一切会在我们活着的时候毁灭吗？看上去这不太可能。甚至科学家们也倾向于这样想。事实上，那些巨大的灾难，比如恐龙灭绝，始终难以得到认真的对待。尽管如此，我们恰恰生活在一切都在改变的时代。而且是戏剧性的改变。恰恰发生在我们身上。未来几年我们将要经历的现象会越来越极端。越早接受这一点对大家越好。"

我说："为了对特朗普的决定表示抗议，埃隆·马斯克退出了他参加的一系列项目。"诺维利对着网络摄像头做了一个鬼脸："还是别提马斯克了。马斯克们并不算数。他们不会真正痛苦，因为他们已经在为灾难降临做准备。他们建造掩体和宇宙飞船，武装自己，购买土地，以便迁居并安全地生活。"

"您会在哪里购买土地呢？我的意思是为了自救。"

"我永远不会做那样的事情。"

"假如真的需要呢？如果世界末日降临。"

诺维利思考了几分钟，然后说："塔斯马尼亚。那里足够靠南，可以避免极端气候，拥有很多淡水储备，处于民主状态，也没有人类的天敌。那里面积并不太小，不过毕竟是一座岛屿，更容易防守。请相信我，防守一定是有必要的。"

他更加肯定地说："是的。假如一定要自救，那我选择塔斯马尼亚。"

第二天，他打电话给我，抱怨那篇采访的标题：《特朗普的美国注定要毁灭我们》。用他的话说，这个标题太过具有失败主义意味，而且过分突出美国。他拒绝相信我在这方面没有责任。他有点自相矛盾地暗示我将他的某些论断弱化了。不过，稍加发泄之后——在我看来更像是为一起对成果作出评论所找的借口——他平静下来，甚至承认，总的来说，这篇采访还不错。他的照片占据了很大的版面，这一点他尤其满意。

就是在那通电话里，我们从以您相称过渡到以你相称。也是从那一天起，我们远程交流的次数增加，甚至变得频繁。邮件、短信，连通话也不在少数，因为诺维利喜欢打电话。他会在最奇怪的时间给我打电话，而且没有明确的原因，甚至不去佯装存在某种原因，只是坦率地宣布他想聊两句。

我想我从一开始就希望和他做朋友，也就是在蒙日街第一次见面的时候。我相信诺维利也是这样：在冷漠的态度背后，他也在寻找同伴。否则就无法解释我们之间关系的迅速发展。

他吸引我的是广义上的智慧，或者更确切地说，是使用智慧时的那种严谨。但不仅如此。我喜欢他的某些原因超出了思想领域的交流，超出了我们共同的物理学出身和对于全球变暖的关注。他的身材与此有很大关系。在男性之间的友谊当中，身材因素一般会被低估。然而，在我与很多男性朋友的友谊中，这一点起到了核心作用。诺维利也不例外：圆润的面庞，乌黑发亮的眼睛，还有不算肥胖但很饱满的上身，这归功于他坚持穿紧身衬衫。他研究云，却比我更脚踏实地，这一点向我传递了一种坚实感，而且是在一个我明显需要这种感觉的时期。

不过，各种各样的情形也促进了我们的彼此靠近：就在那个春天，洛伦扎和我突然变得孤单。经历岁月考验仅存的共同好友，阿尔玛和法布里奇奥——在巴塔克兰的那天晚上我们在一起，记忆中无数个彼此交织的夜晚我们也在一起——突然从我们的生活中消失了，只留下不可置信和沮丧。

我可以尝试以最简单的方式概括事情是如何发生的，同时也意识到这仅仅是一种近似的说法，因为那段友谊的破裂引发了无数的猜测，以及洛伦扎和我之间令人筋疲力尽的讨论，很多是在深夜进行的，而且都不了了之，那些讨论无疑也改变了事情的原貌。

两年前，洛伦扎从教母那里继承了一笔遗产，并非是令人眼花缭乱的数字，但无论如何足以让人思考一下如何理智地处置它。最后，洛伦扎把钱委托给在一家信贷机构供职的法布里奇奥管理。这个决定非常顺理成章。当天晚上她跟我提起的时候，我没有任何理由反对。事实上，我几乎没有斟酌过他的投资书，因为我觉得自己没有什么能补充的。

钱就在那里闲置了几个月，正式开始计息。我从来没有注意过到底邮箱里有没有收到对账单，但我认为没有。洛伦扎对此不怎么感兴趣，直到为欧金尼奥出国做准备的时候，需要把那笔钱取出一部分。于是，洛伦扎拜托阿尔玛向法布里奇奥提出收回投资。

在向洛伦扎保证会跟法布里奇奥谈之后，阿尔玛就不再接电话。这么多年里从没有发生过这样的事。她给洛伦扎发了简短的道歉信息，看上去她很忙，然后就连信息也中断了。洛伦扎每天找她很多次，越来越慌乱，直到最后要求我发信息给法布里奇奥，问问是不是出了什么事。法布里奇奥回答我是的，是阿尔玛的健康出了问题：尽管他没有说出癌症这个词，但也没有留下多少怀疑的空间。

现在，我仿佛又看到洛伦扎坐在厨房里，无论是阿尔玛的沉默，还是这件事情本身，都令她十分震惊。她甚至没有想到收回投资的事情。当时，她只能向父亲借钱，尽管这是她最不想做的事情。

几天之后，我出门了，不记得是去哪里。我不在家的时候，阿尔玛在脸书上发了一张照片，被洛伦扎发现了。阿尔玛在外面吃饭，看上去状态非常好。洛伦扎找她要解释，但阿尔玛再次拒绝了。更有甚者，现在洛伦扎甚至无法在 WhatsApp 上给她发信息或者通过社交平台联系她，就好像被她屏蔽了一样（的确如此）。

我们两个人潜意识里的怀疑最终变成了事实。一天早上，洛伦扎亲自去了银行。等待良久，法布里奇奥才接待她。后来她跟我讲，法布里奇奥在他的小隔间里为了不知道什么事情忙得不可开交。不过，在半个小时、一个小时、一个半小时之后，他还是不得不面对她。在整个这段时间里，他只勉强对她尴尬地笑了笑。当洛伦扎终于坐在他面前时，仅仅是在等待确认已经知道的事实，以及事情的糟糕程度。面谈非常简短。法布里奇奥给她打印了一张表格，上面显示了基金在最近一个月的表现，最后是余额，几乎已经归零。后来我们一起研究，发现法布里奇奥在未经商量和绝对不理智的情况下，进行了很多次超出他签署的授权书权利范围的操作。

洛伦扎将剩下的几千欧元转到为欧金尼奥准备的预付卡中，就好像不愿意钱在那个账户上多待一分钟。然后她就全身心投入对阿尔玛的寻找。她在她家楼下蹲守了一个下午。那天下午她们见面时发生了什么，她从未向我提起。不过，接下去的几天，洛伦扎前所未有地沉默，经常把东西放错地方，用愚蠢的方式弄伤自己。

阿尔玛和法布里奇奥消失的结果之一，是我们没有了夏天的度假计划。否则，我们可能不会考虑与诺维利和他的家人一起度假，洛伦扎根本不认识他们。不过，我们发现他们在撒丁岛租了一座分时度假别墅，可以直接通向海边，而且有一个空着的双人间。诺维利给我发信息："为什么不来呢？"我向洛伦扎提议："对啊，为什么不呢？他们甚至不要我们分担花销。"洛伦扎几乎立刻就同意了。当我提醒她注意我是多么轻而易举地就说服了她时，她这样回答："说实话吧，在这种时候，我和你都不太愿意单独待着。"

撒丁岛的小别墅位于一个住宅区内，通过一条私家小路进出，甚至有个守卫，每次他都会认真地审视你，然后才打开栅栏。按照诺维利的说法，这座建筑可以追溯到违章建筑的黄金时代。当时的意大利无拘无束，几乎一切都能得到允许，包括直接把房子建在海滩上。"这样对咱们更好。"诺维利最后说道，他满意地注视着大海，双臂交叉在背后，拇指插在短裤的松紧腰带里。

那栋别墅本身平淡无奇，装着铝制门窗，内部装修也毫无品味。甚至没有空调，房主说是为了尊重原有的结构，但按照诺维利的说法纯粹是抠门。不过，外面风景如画，大部分时间我们都在户外活动。一条蜿蜒的石头小路从长满多肉植物的花园中间穿过，一株巨型肉质龙舌兰雄踞其中，花朵高高地向着天空盛开。沿着小路可以到达小海湾。从海边过去非常不方便，只有少数勇敢的年轻夫妇才能到达那里，所以大部分时间海湾只属于我们。在那些日子里，我跟在诺维利身后，戴着潜水面罩探索海底，那里有章鱼、海葵和海胆的巢穴，甚至还有完整的紫色珊瑚，至少有两只手掌那么高。

早上，我第一个起床，然后独自来到海边。海面非常平静，可以一直游到大海深处。不过，大部分时间我是平躺在水面上。回到家的时候，诺维利的孩子们正四处游荡，寻找食物，从橱柜里抓出几包饼干，然后随手丢在难以置信的地方。有时，我回到床上去找洛伦扎。她已经醒了，但好像还在犹豫是否要离开房间。床单上总是有些沙子，尤其是放脚的地方。房间彼此挨得很近，不可能做爱，这倒让我们俩都松了口气。

"你不开心吗？"我缠着她问。

"这是个漂亮的地方。"

"你并不开心。不过我们这么多年都是跟阿尔玛和法布里奇奥一起度假的。"

"你说这个是什么意思？"

"没什么。不过你或许可以努力试试。"

"跟阿尔玛和法布里奇奥一起你是努力试试吗？"

"他们更多是你的朋友，而不是我的。"

"我不知道你是这样想的。你应该早点告诉我。"

每天诺维利和我都会打电话举报那些距离岸边过近的游艇，但海岸警察从未出现过。将近中午的时候，我们一起去圣特奥多罗购物，买蔬菜和当地用乳清奶酪做的甜品，这些东西最终没人会吃。然后我们去鱼铺排队。作为利古里亚人，诺维利对买鱼颇有经验。他讨价还价，有时过分固执，就好像是在教育我，因为我身上打着超市柜台的烙印。从鱼铺出来时他总会说："瞧，在法国，你会忘记这一切。"

诺维利对于意大利的态度有点自相矛盾。他既有一种优越感，炫耀生活在一座像巴黎这样闪闪发光的国际化都市，同时又对意大利表现出几乎孩童般的怀念。卡罗琳娜恰恰相反，她明显对法国忍无可忍。她刻薄地模仿巴黎人，模仿他们的语气词 oh-là-là、ah-bon voilà 和 hop，笼统地把他们称为阶级主义者和傲慢无礼的人。一天晚上，我们在露台上吃饭，洛伦扎发了脾气。"这些在我看来都是刻板印象。"她说。"我向你保证，他们就是这样的。"卡罗琳娜坚持道。"但我向你保证这些不是真的。"

假如诺维利没有及时用他擅长的文字游戏转移了话题，两个人的交流会一直以这种语气进行下去，甚至恶化。

我和诺维利养成了在所有人睡下后去夜泳的习惯。与凉爽下来的空气相比，海水显得温热，可以在里面泡很久。在这种安静的气氛中，我们进行了几次最为深刻的交流。说实话，大部分时间我只是在听他讲，因为诺维利更多是一个给予回答而不是提出问题的人，我却相反。避免了争执的那天，海湾南边发生了一场火灾，在海角黑色的轮廓上划出一道红色的伤口。

"我觉得卡罗琳娜在巴黎住到头了，"他有些郁闷地说，"她把气撒在法国人身上，其实是因为她在那里找不到任何事情做。现在她已经产生了执念。"

"什么执念？"

他将湿漉漉的手放在头顶，把头发捋平："工作的执念。我们不需要她的工资。我们肯定不是富得流油，但还过得去。"

"假如不工作，你会有成就感吗？"

"跟这个有什么关系？这不是一回事。而且她一直这样过得很好。卡罗琳娜从来都没有过，咱们这么说吧，强烈的志向。"

他说这番话的时候非常严厉，一时间把我惊呆了。然后他又补充道："无论如何，明年冬天我们就回意大利。已经决定了。"

在热那亚，他的家乡，会有一场教职竞聘，面向外部候选人，但实际上是为他办的。他又说："我想看看，他们对我的经费作何反应。"

我们注视了一会儿岸边的火光。救火飞机不停地来来往往，喷洒着盐水。看上去他们的工作不太有效率。

诺维利说："假如这不是一出戏，那可真是一场令人无法置信的表演。"

第二个星期，洛伦扎已经开始离群索居。她要么在海滩上找一个僻静的角落读几个小时书，要么自己待在房间里。吃饭的时候，无法避免与所有人碰面，她也几乎一言不发。她和卡罗琳娜之间各种无法相容的因素愈演愈烈。我觉察到自己无法自然而然地站在她那边，尽管在很多问题上她都有道理。比如，卡罗琳娜的冲动令人反感，而诺维利在交谈中几乎总是一个人滔滔不绝：如果说他对我说的话不感兴趣，那么对于洛伦扎的想法他简直就是无动于衷。然而无论如何，这样的反应都是不得体的。

一天晚上，当我尝试着再次讨论这个问题的时候，她对我说："我表现得很好。"我示意她小点声音，她小声重复了一遍："我表现得很好。"就好像在强调，关于这个问题真的没有什么可以说的了。

倒数第二天，我们租了一条船，六个人坐在上面都很宽敞。诺维利可以开船，因为他有船只驾驶证。我们绕着塔沃拉腊岛航行了一圈，期间还在锚地停留了几个小时，那里的海水跟加勒比海一样蔚蓝。诺维利用小刀捞了几只牡蛎，尽管这样做是被禁止的。他在上面挤了一些柠檬调味，用手拿着喂给洛伦扎。她心情好多了。

我们吃了生虾，喝了白葡萄酒，孩子们在船边戴着面罩游泳。回去的时候已经接近夜晚，大家都非常兴奋。我们又开了一瓶酒，在黑暗的露台上待到很晚，因为谁都懒得从沙发上站起来，走过去开灯。我建议到下面的海滩上去，因为那是最后一夜，而且没有一丝风。洛伦扎犹豫不决，但一切都如此顺利，她不想恰恰在那个时候破坏气氛。她说回去换泳衣，但我们制止了她：那样做会失去冲动。

我们用手机的手电照明，穿过石头之间的甬道，摇摇晃晃地向前走。我想那天是没有月亮的，无论如何都是漆黑一片，因为当我在海滩上把光束转向大海的时候，卡罗琳娜赤裸的身体瞬间显露出来，她光着脚站在齐膝的水里。洛伦扎应该也看到了，看到她比夜色稍深的三角区。或许她和我一样，也感觉到卡罗琳娜在等待我们。我不知道是不是这一点令她退缩了，事实是她说："我不下水。"

诺维利已经走向他的妻子。我听到他经过时海浪拍打的声音，也隐约看到他洁白的臀部，如同悬浮的气球。现在他们已经在那里，不下水就太失礼了。"求你了。"我说。"你去吧。"洛伦扎回答，声音里突然带着厌倦。"求你了。"我靠近她小声说。就在那一刻，她说出了那句我后来很多次想起的话："我为你感到非常惋惜。"

"你为什么惋惜？"

"我为你惋惜。"她又说，"但你还有时间。你可以去。事实上，你应该去。抓住机会。"

我没能够向她说不，告诉她我并不打算做任何那类的事情。诺维利和卡罗琳娜正等着我们，我可能更关心这个。"把手机给我,"她说,"我帮你拿着。"她把手电对准海滩的一侧,灯光中只显现出没有生命的岩石,没有任何人。

我脱了衣服。卡罗琳娜叫喊着要我们快一点,她应该是朝着更深的海里游过去了。我划了几下水,追上他们。

"洛伦扎呢?"诺维利在水里问我。

"她觉得冷。"

"太可惜了!"不过他好像并不在意。卡罗琳娜说:"你们看上面,太美了!"我却转头望向岸边,只能猜想洛伦扎的身影就在那里,因为此时她已关上手电。又或者,我想,她已经不在那里了。她已经独自踏上那条小路,走回家去了。

我的手机里存了在撒丁岛的照片：我们四个人一起在露台上 / 卡罗琳娜因为什么事在笑，腿蜷着放在椅子上，指间夹着香烟 / 诺维利和洛伦扎划着双人皮划艇离开（他们在礁石处消失，随后的半个小时里都没有出现，我于是感觉到些许完全没有理智的嫉妒）/ 孩子们挥舞着水枪 / 还是洛伦扎，躺在摩托艇的船头。照片上的一切都比我记忆中幸福。

　　我可以这样简单地在不到一分钟的时间里，让二〇一七年的整个夏天在拇指上滑过，却什么都没有弄懂：网上星座运势的截图，警告我和其他射手座的人，这个星期会缺乏"智慧上的游刃有余" / 一个男人的视频，是他站在蹦极台上的背影：他已经系好了安全带，向为他拍摄视频的人说 OK，然后就大喊一声跳入虚空。画面颠簸几下之后，只见他悬在数米高的空中，就在溪流上方。给我发视频的是卡罗尔，蹦极的就是他本人 / 一系列涉及八月十七日在巴塞罗那发生的那场袭击的报道文章 / 洛伦扎和我都喜欢、但永远不会购买的吸顶灯照片 / 一个熟睡的男人，我根本不知道他是谁（是谁发给我的，为什么，有没有可能是我发给某个人的？除了日期，图片库里没有任何背景信息）/ 普利亚大

区一家餐馆的菜肴 / 另一张新闻截图，关于一对用有毒的花朵做意式烩饭并且因此送了命的威内托夫妇，以及对于某些口腔癌症的深度探讨（或许与口交有关）。

还有一个剪辑出来的视频，配有背景音乐，记录了欧金尼奥出发去美国的场景。iPhone 会定期向我展示这个视频，但我宁愿它不这样做，而是更加谨慎地保存我的回忆，但最终我还是会再看一遍。在一个镜头中，欧金尼奥把行李箱放在身旁，做出胜利的手势，但可以凭直觉感受到他的失落。在另一个镜头中，洛伦扎抱着欧金尼奥哭泣。再后面的镜头是欧金尼奥的背影，他已经通过了安检。iPhone 选择的配乐是《天生狂野》，表面看上去非常契合那些画面，但也表明算法完全没有理解当天早上菲乌米奇诺机场的氛围，也对我们四个人——我、洛伦扎、欧金尼奥的父亲以及他的伴侣——一起站在大厅里时的尴尬一无所知；它不知道我对欧金尼奥向我们告别的顺序耿耿于怀，也不知道当我看到他最终消失在安检队伍中时心中涌起的悲伤，这悲伤出乎意料，说不清是为了他，还是为了我自己。

然后是九月：阁兰达岛的一处度假胜地，洛伦扎和我只是在考虑要不要去 / 诺维利的女儿在地铁上读《奇迹》杂志 / 欧金尼奥在美国的新生活 / 在朝鲜引爆十几万吨级氢弹后，以特朗普和金正恩为主角的一张漫画。我肯定和库尔齐雅讨论过事件升级的可能性，最终确定主要是我在杞人忧天，因为我如今对原子弹产生了执念。

一张蓬皮杜中心的门票和一张法国电影海报说明十月我回到了巴黎。是时候提交关于朱利奥和阿德里亚诺关系的报告了。在之前的几个月里，我做了很多关于他们的记录，其中包括一系列字眼，都是诸如关切、乐趣和默契之类的抽象词汇。我不希望写出来的东西只是一系列流水账，而是显得精辟，于是最终决定把报告集中在一个特定的情节。

一天，在圣日耳曼商场附近的街区，我们在一家非洲面具商店前停下脚步。朱利奥向阿德里亚诺讲述了每个面具的由来和神奇特性，其学识之渊博令店家隔着橱窗都注意到了。店家邀请我们进店，为我们讲解。那些面具价格不菲，实际上是巴黎住宅里的奢华装饰，带有原始非洲神话色彩，但对我们来讲重点并不在此。重要的是，阿德里亚诺始终安静和专注，没有表现出平常那种不耐烦，也没有突然发怒，不久前老师曾因此请朱利奥去面谈，并提到注意力缺陷和多动症的问题。在商店里，朱利奥向我投来短暂但有说服力的目光，好像在说："你看，你看到他真实的一面了吗？为什么那些老师要找我去？"事实上，阿德里亚诺一直到最后都是如此专注，所以店主送给他一块木雕。那块木头可能一文不值，但在随后的几个小时里，阿德里亚诺把它紧紧攥在手里，仿佛那是他所拥有过的最珍贵的东西。

我把报告交给朱利奥的女律师，并为糟糕的翻译道歉。他们肯定能够修改好。只要保留原义，我完全没意见。

在读过我的文章之后，律师说非常动人。不过，她其实已经为我准备好声明的草稿。事实上，我并不需要特意跑到巴黎去，完全可以通过邮件把签名的扫描件发给她。不过，反正我已经在巴黎了。

她用内线叫来助手，请她把声明打印出来。在等候的几分钟时间里，朱利奥和女律师谈了谈。他们之间的坦诚出乎我的意料，他明显非常信任这位律师。

新的声明异常精练。总的来说，我与朱利奥相交多年，保证他是一个有价值的人，而且我所看到的他对待孩子的态度始终是正确的。我在上面签了字，但心里想：怎么能使用"正确"这个形容词来描述父子之间的关系呢？

离开律师事务所，朱利奥和我走了一会儿，但气氛怪异。结束了几个月以来把我们团结在一起的那项使命，我们之间可说的话好像并不多。我甚至有点失望。之前我想象过自己是这段与我毫不相干的生活中的主角，扮演着更加决定性的角色。

朱利奥有些艰难地给我讲述了诉讼的最新进展。他似乎觉得有义务这样做，仅仅是因为我又一次的长途飞行，尤其还是毫无意义的。在学校的问题上，他的抗争失败了。阿德里亚诺已经进入法语学校读七年级。那所学校的一切他都不喜欢：无论是教学方法，还是老师，甚至是精英式的社交环境。

"我真不明白他妈妈脑袋里是怎么想的，"他说，"她没有能力为阿德里亚诺提供可以与他的同学们相当的生活方式。当然，她可以依赖吕克。"

然而，柯芭的考量在律师看来颇有说服力：从那所学校毕业后，阿德里亚诺可以进入巴黎最好的高中，也能确保进入大学和获得富足未来的优先路径。

"这是统治阶级的精确策略，"朱利奥说，"提升社会地位的路径从一开始就被阻断了，也就是当你六岁的时候。通过严格的课程体系，任何人都无法干涉。特权阶级的固化就此得到了保证。"

不用说，朱利奥是做过功课的。他阅读了教材，将自己的情况归纳为某些抽象的经济机制。政治以完全出乎意料的方式重新进入他的生活。不过，假如二十岁的时候他是积极参与政治运动，那么现在就只剩下被迫接受。假如二十岁的时候他是通过组织游行，也就是一种过度的人际关系来参与政治运动，那么如今这已经变成了世界上最孤独的运动。

在朱利奥研究社会不公的各种新形式时，柯芭却制造出数量惊人的对他不利的材料。首先是幼儿园老师的报告，其中记录了阿德里亚诺的父亲对他们敌对和不友好的态度。此外，还出现了一份由儿童心理治疗师提供的专业报告。根据这份报告，在几次长时间与父亲相处之后，孩子的身体都表现出不适：皮疹和便秘。朱利奥明确地对我说，阿德里亚诺一直有这些毛病。

再说，他从来都没有授权给孩子做这样的检查。他的律师提交了申诉材料，法官也接受了。或许柯芭最终会搬起石头砸自己的脚。

"让你白白跑一趟，真对不起。"他说。

我们站在阿拉伯世界研究中心门前的桥上，又花了几十分钟才分开："没关系的。"

"不，我真的感到抱歉。"

为了让他别再说下去，我简单回了一句："好吧。"然后我们就告了别。"也许我走之前我们还会见面。"但两个人都不那么肯定。

我决定住到诺维利家。场面上的理由是他家有一个空房间，比睡在沙发上舒服，而且我可以在那里集中精力工作。事实上，朱利奥也清楚，如今我的感情已经偏向另一方，尤其是在一起度假之后。得知这个消息，朱利奥泰然自若。对于我们这些成年男性来说，没有任何吃醋的余地。不过，在这种新的情况下见面还是不同的，有些尴尬，仿佛一切都源于背叛。进入律师事务所之前，他用一种完全另有所指的平和口气问："在那里更好些吗？"

更好些，是的。至少可以身处家庭的温暖当中。如果足够坦诚，我会这样回答他。我还会说，没必要因此大惊小怪，也不必太往心里去。我明白自己的弱点，也就是寻找温暖。我并不知道它因何而起，但由来已久。从小学时起，我的大部分时间就是在越南邻居家度过的，她的名字翻译过来是：缓慢移动的云。她母亲在拼一幅几千块的拼图，占满了整个地板。晚上，我们在厨房里吃荔枝罐头。

分开几小时后，朱利奥给我转发了一封邮件，是律师转发给他的。从邮件的主题可以看出，那是一份关于监护权的文件，但我不想看。我正在诺维利家吃晚饭，从一家意大利餐厅打包的比萨。孩子们不停地说："是真正的意大利口味，所以面饼才这么好吃。"我觉得这不重要，因为这不是关键。大厦顶层套间里柔和的灯光，盒子里剩下的比萨，还有孩子们踩在沙发套上或举在空中的赤脚，这些对我来说就足够了。第二天我就回罗马，我希望能够不受干扰地享受那种宁静。

无论如何，事情并非如此发展。当卡罗琳娜在另一个房间哄孩子们睡觉的时候，我们开始放一部电影。我已经在打瞌睡，突然听到一阵爆炸声。卡罗琳娜回到客厅，脸色立刻变得苍白。诺维利和我抓起手机，推特上已经出现了最早的一批消息。爆炸好像发生在埃菲尔铁塔那边，所以比较远。无论如何，我们还是走到阳台上，站在那里伸着耳朵听。下面的街道空无一人。

过了一会儿，诺维利的女儿出来找我们。传来一阵扫射声。"是枪击还是炸弹？"她问。"好像是一挺机枪。"诺维利回答。

她对我说，学校里每个月都会举行演习。校长吹喇叭作为警报（吹喇叭，简直像中世纪，谁知道是为什么），然后老师关上窗户，拉上窗帘，接着关灯。与此同时，一些学生用椅子堵住教室门。他们必须蹲在课桌底下，关闭手机，不是静音，是关机。因为在巴塔克兰的袭击中，当所有人都在装死，凶手会从阳台瞄准有手机亮光的地方射击。"然后就安静地等待。"诺维利的女儿说。我想：等待什么？等着某个手持卡拉什尼科夫步枪的人冲进教室吗？"等待喇叭声再次响起。"她说。她告诉我，在最开始的几次演习中，她的同学们会哭，她也是，但如今他们已经习惯了，最后一次演习时她竟然睡着了。

我发信息给库尔齐雅，问她是否了解关于袭击的消息，然后发现她在法国，这种巧合让我感到不祥。不过，她不在巴黎，而是刚刚到达加莱。在移民被驱逐一年之后,她要写一篇所谓"移民丛林"的报道。她对这次袭击一无所知,也正在通过推特了解更多情况。我感受到诺维利的目光落在我的手指上。在他开口之前,我就辩解说:"是为了报社的工作。我可能需要去现场看看。"

最后,我们又回到房间,继续看电影。几个小时之后,人们发现并没有任何袭击。是放烟花,而且还得到了许可,在网飞制作的沃卓斯基姐妹系列剧的拍摄现场。

第二天,出现了一些批评意见。当局通过短信预先通知了那个街区的居民,但由于天气原因,烟花声传到了更远的地方。

在连线采访中,诺维利对此讥讽了一番。随后,他严肃地谈及如今在我们的生活中,现实与联想以实在奇怪的方式混杂在一起。我一边吃早餐,一边听他讲话,注视着他边走边把手机放在耳边,另一只闲着的手在比比划划。我再一次惊诧于他的表达才能。

在我上次的采访之后,他的活动范围开始稍稍扩展到意大利,被纳入地震、山体滑坡、异常风暴或火山爆发时可联系的专家名单。毫无疑问,他的名字作为诺贝尔奖获得者出现在新闻的大标题当中,也是非常有帮助的。尽管有些夸大,但也并非虚假。十年前,当政府间气候变化专门委员会与戈尔一起获得该奖项时,诺维利是委员会中为数不多的意大利人之一。至于委员会中还有数十名其他科学家,也仅仅是一个细节而已。

我要回罗马了。诺维利把我送到公共汽车站。天空被一朵洁白而结实的云覆盖着,就像我在与他的交往中学到的,是高层云。那样的天空刺激了我左眼的白内障。我开始不停地交替眨眼,欧金尼奥总喜欢模仿这个动作。

诺维利和我谈及重新整修热那亚房子的工程。他希望能够尽快开工。如今卡罗琳娜在巴黎已经达到偏执的程度,连我都感觉到了。她不再乘地铁,不愿再去电影院、饭店,什么都不想做。而且她开始把那种焦虑传递给孩子们。她强迫孩子们放弃参加生日派对,仅仅因为那些派对是在户外举办的。没办法同她讲道理。

当我们到达公共汽车站的时候,他又说:"啊,我差点忘了。我们好像会变成同事。"

他宣布消息的方式使我明白他根本没有忘记,而是正好相反,他一开始就打算这样宣布。

"他们邀请我写文章,一个关于环境的专栏。很疯狂,不是吗?说实话,除了研究和上课,我没有多少时间。不过,我觉得推卸责任似乎不妥。否则,就会把阵地留给这些即兴发挥的科学普及者。当然,还有否定主义者。假如有一件事情是这个国家需要的,那就是科学上最起码的严谨。"

我提醒他注意,那份报纸有些过于片面,与他的信念并不完全一致。

"所有报纸都是片面的,"他回答我,"难道你发表文章的报纸就不是这样吗?此外,咱们就明说吧,真正的政治分歧再也不存在了。只存在支持或者反对真理。"

此时，公共汽车靠近了人行道。我明白，诺维利希望讨论更久，但他算错了时间，为了把惊喜放大，他等到最后一刻才宣布消息。

"也许你可以在写作上给我点建议。"他说。尽管我知道他并不真的想要我的建议。我们贴面告别，然后我就上了车。

汽车逐渐远离，我回头从车窗向他望去。他仍然站在我跟他告别的地方，全神贯注，双手插在口袋里。片刻之前，我还努力表现得无动于衷，但两个人应该都觉察到一种毫无来由的轻微摩擦。因为几分钟之后，我收到他的一条短信。他再次向我道别，并希望我早日回来。并没有这个必要，这种表达方式不像我们的风格。我回答说我也希望早点回来，还对他的新工作表示祝贺。

后来在登机口候机的时候，我打开了朱利奥的邮件。里面没有开场白，只有转发邮件的记录，以及一个 PDF 格式的附件。是柯芭发给自己律师的备忘录。文章是用法语写的，但我从句法上就能猜到，原文是以第一人称——也就是柯芭本人——写的，然后被改为更加中性的第三人称，将她称为 V 夫人。

柯芭讲述了与朱利奥在日内瓦的生活，那时阿德里亚诺刚刚出生。他们迁居那里是因为她得到了一份欧洲核子研究组织的工作。工资很高，但不足以支撑在瑞士的生活开销，朱利奥没有找到合适自己的工作。尽管如此，他好像并不愿意放弃任何之前的习惯，尤其是旅行。相对于他们当时的生活状况，他被定义为不切合实际的人。

我把文章拉到最后，一个斜体词吸引了我的注意：煤气灯效应。我查了一下这个词的含义。在心理学里,它是指通过程序化的操纵过程混淆受害者的记忆,直到使其怀疑自己。这种技巧常见于很多暴力情境中,经常会被反社会者和某些专制政权使用。有时它又非常普遍,能够扰乱受害者的思维,甚至迫使其自杀。

我没有再读下去。一种恶心的感觉从胃里升腾起来。航班上的乘客已经在排队了,我本该跟在他们后面,但我仍然坐在那里。登机手续开始了,队伍在我面前一米一米地前进。

最后从我面前经过的是一个单独旅行的男孩,他身上那件棉衣对于罗马来说太厚了。他们把我的名字叫了一遍,两遍,三遍。透过玻璃窗,我看到飞机与廊桥分离,开始向起飞的跑道移动。我退出安检通道,离开了航站楼。

第二部分

云

一九四五年八月九日深夜，博克斯卡号轰炸机从马里亚纳群岛名为蒂尼安的小岛起飞，这里前一年才刚刚被美军占领。这架B-29轰炸机的目的地，也就是原子弹的投掷目标，是小仓市，那里有一处武器库。

先是穿越暗夜，然后沐浴着黎明的晨光，在太平洋上空经过漫长的飞行，还因为徒劳地等待负责拍摄的另一架轰炸机而延迟之后，确切地说，在十时四十四分，博克斯卡号到达了小仓市，但发现城市被一片乌云笼罩。那是一片奇怪的乌云，也许是自然形成的，也许是被风卷起的轰炸烟尘造成的。总之，在查尔斯·斯威尼的视线中，它令人讨厌地遮挡了目标。

博克斯卡号在空中盘旋了一阵，等待天空放晴，但乌云并没有消散的迹象。为了避免使自己成为靶子，尤其是在携带原子弹的那一天，机组最终决定放弃小仓。十一时左右，博克斯卡号转而向南，朝向九州岛的另一座岛屿飞行，那里是名单上紧随其后的目标，它的名字是两个名词的组合，描述了岛屿的结构：naga的意思是长，saki的意思是海角。长长的海角，也就是长崎。

很多年以后，田中多留见才了解这一切。一九四五年夏天，他只有十三岁，还在上初一（日本的学年从四月开始）。高年级的学生们日以继夜地制造武器，田中和他的同学则隔日为战争出力：一天学习，一天工作。他们的工作是用竹竿制作长矛，在海滩上挖坑，好让敌人的坦克陷进去；还有采集葛，这是一种野草，当中的淀粉可以作为汽油的替代燃料。

最初，美军的轰炸仅仅针对战略目标，而现在，平民同样被视为战斗人员，所以也成为轰炸目标。八月初，长崎、广岛、小仓和其他几座城市一样，仍然完好无损，不过防空警报频繁响起。每当这时，田中便躲到树林里。那个夏天他的生活被局限在很小的范围里：家、学校、海滩和树林。

事实上，就在几天之前，即七月二十九日和八月一日，发生了几次轰炸。总共七十二架飞机，分为六组，每次连续轰炸三个小时。不过，轰炸主要针对城市西部的工业区，而田中住在位于中央山谷的中川町。一天，上课的时候，警报响了起来。田中和他的同学们跑到山上的树林里，从高处可以清楚地看到飞机正瞄准工厂。他们放下心来，一直看到轰炸结束。几乎八十年之后，当我采访田中多留见的时候，他对我说："那种平静非常奇怪。"

时间来到八月六日。第一颗原子弹"小男孩"被投在广岛。第二天，田中可能是从收音机，又或者从报纸上，听到了这则消息，不过他当然没有听说过原子弹，原因很简单，当时这种武器并不存在。通常情况下，人们谈及一种"新型"炸弹，它能够造成的破坏还在评估当中，还有传言说要穿白色衣服，并非因为辐射（辐射在当时也并不存在），而是因为新型炸弹"会释放大量热量"。

就这样，八月六日到九日，田中在长崎正常地生活：家、学校、海滩和树林。按照之前的间隔规律，九日是上课的日子。然而，将近八点的时候，警报响了起来。警报有两种：一种叫作空袭—警报（在这种情况下，指示不要移动），标志着严重危险；另一种是警戒—警报，仅仅要求大家小心。那天，空袭警报非常短暂，警戒警报却响个不停。田中想，无论如何很快就会结束，而他要离开家步行去学校。"不过，天气非常热，我脱了外衣，穿着内衣坐在榻榻米上，读了一会儿书。"

当他懒洋洋地待在那里时，觉察到飞机的声音。如今，他的耳朵已经训练有素，能够辨别出 B-29 轰炸机，因为这种飞机配有四个发动机，所以轰鸣声更大。田中走到窗边，在天空中寻找轰炸机。那天，长崎的上空也有乌云，但不像小仓的那么浓密，而是散落在四处：B-29 轰炸机应该是藏在其中一朵云之后。

田中转身回到刚才躺着的地方。房间很小，只有六张榻榻米那么大。他应该只走了两步。就在这时，闪光出现了。"有些人将它描述为从特定方向射过来的强光，但对我来说不同。"光亮不是从任何特定的方向过来："一时间，它无处不在。"一种"与任何光都不同的"光将田中笼罩在白色之中。

田中的卧室位于房子的二楼。他被闪光吓到了，所以跑下楼梯。下楼的时候，他看到那束光多次变化：从白变蓝，然后变黄，变红，最后变成深红色。顺序可能不同，但这些颜色他记得很清楚。田中趴在一楼的榻榻米上，就像学校演习时教给他们的那样，用手捂住耳朵和眼睛。他就保持那个姿势，直到被冲击波击中。在失去知觉前的片刻，他还有时间思考深红色意味着什么：某种非常大、距离他非常近的东西正在燃烧。

家里还有母亲和两个妹妹，一个六岁，一个十岁。田中没有看到她们。他们住的房子是传统的长崎建筑，带有走廊，或者说高出地面的外廊。从那里，她们本能地朝着与震中相反的方向跳了出去。

当田中恢复知觉的时候，母亲正在呼唤他。他看不到母亲，母亲也看不到他。爆炸把一扇门抛到他身上，木制门框上装着六块不透明的玻璃。"玻璃奇迹般地没碎，而我们的很多邻居都被玻璃和木头的碎片所伤。"

他爬了出来。房子被炸得不成样子，但仍然没有倒。他们四个人都还活着。母亲决定带孩子们去大约一百米外的掩体。走出家门，田中第一次看到了废墟。"每家都认为自己的房子被炸弹击中了。但不是这样的，所有房子都是如此。"

掩体里立刻挤满了人。"从前每家都有自己的掩体，但并不确保安全，于是街区在神社后面的山里建了一个。我记得那个掩体很宽敞，但当我在十年之后回到那个地方时，才意识到它不可能有那么大。"那只是在地上水平挖掘出的一个洞，四处都有水渗进来。

"必须了解长崎的地势，"田中对我说，"这座城市是沿着海湾建成的，分为三个山谷。西部是工业区。我住在中部，是居民区，东部的山谷也是一样。三个区域交会的地方是市政府和标志性建筑所在地。B-29轰炸机本应该把原子弹投在那里，也就是最为重要、人口最密集的地方。但那个区域的上空有一片云。"

所以，斯威尼将军选择了西部，那里之前已经遭到过轰炸。那个区域主要是工厂，但也有长崎的基督教社区。田中的姑姑琴和姨妈瑠衣住在那里。

爆炸之后相当长的一段时间里，居住在中央山谷的人并不了解外面被破坏的情况。他们也无法想象，因为这是前所未有的。不过，从天空的颜色可以感觉到那边的一切都在燃烧。"红色的太阳包裹在黑色当中。"尽管儿子始终坚持，田中的母亲还是觉得到那里去太危险了。

下午四点，市政府着火了。田中走近前去，担心火势会蔓延到他们的街区。不过，风及时改变了方向。往回走的时候，他经过学校，短短几个月前他还在那里学习。他向里面望去，发现教室里挤满了伤员。"至少有上百人。应该是用汽车送过去的。"没有医生，也没有护士，只有三个女人在尽可能照顾所有人。"其中很多人都被烧伤，却冷得发抖。我眼看着他们死去。"在那之后，人们抓着脚踝和手腕，把他们抬到院子里，挖一个坑把他们火化。

田中把家里收拾了一下，但晚上他和家人还是回到掩体里睡觉。他们觉得那里更加安全。深夜，一个走失的女孩回来了，是田中家房东的女儿。她是个学生，上午在一家工厂工作。掩体里的所有人都非常高兴，因为女孩没有任何明显的外伤。"在发了几天高烧之后，这个遭到辐射的女孩将在战争结束之前死去。"

八月十二日，也就是爆炸发生三天之后，田中的母亲终于同意出门，和他一起去西部找姑姑和姨妈。他们决定翻过山丘，从树林里抄近路过去，全程大约四公里。当他们来到山口的时候，山谷展现在他们面前：空荡荡的，一片灰烬。"什么都不剩。"唯有工厂的铁架在大火中幸免。

姨妈瑠衣住在一栋有些偏僻的房子里。田中以为大火没有蔓延到那里，但当他朝那个方向望去，却什么也没有看到。

下山的时候，他们在山坡上遇到许多被弃置多日、无人救援的死人或者奄奄一息的人。"看到头几具尸体的时候，我们感到害怕，但尸体太多了，从某一刻起，我们就再也没有任何感觉。也不再说话。"

到了瑠衣姨妈的家，他们也没有说话。那栋房子不是烧毁了，而是被"压扁了"。瑠衣的尸首就在那里，几乎烧成灰烬。不过，外祖父依然活着，"烧伤非常严重，甚至能看到胳膊上的白骨"。

说到这里，田中先生第一次在摄像头里做了个可以分辨的动作。他用另一只手摩挲着前臂，演示外祖父露在外面的骨头。随后，他的胳膊又在画面中消失了。

外祖父依然颇为清醒，感觉到了他们的到来。他要水喝。田中将一块手绢浸湿，放在他的唇边。"但他的嘴唇几乎脱落了。"

有些亲戚已经先于他们到达。他们把木柴放在一块金属板上点燃，准备进行火葬。田中想要观礼，但母亲反对。当其他家庭成员留下来处理瑠衣姨妈的尸体时,他们继续去寻找姑姑琴。

屏幕上田中先生的面孔僵住了。过了一会儿,信号中断。我和良助等了十来分钟,然后良助试着打电话和发邮件,都没有得到回复。"他可能太累了。"良助说。田中先生已经连续讲了近三个小时,没有起身,也没有要求休息,只是时不时端起茶杯喝一小口。他已经快九十岁了。

第二天,他回复了我们,并向我们道歉,说网络中断了。他同意两星期后再约一次。当我们三个再次连线时,他已经准备好从上次中断的地方讲起。不过,或许我并没有准备好。我感觉自己像一滴冰冷的眼泪,所以就问他身后墙上挂的是什么:那是某种五颜六色的斗篷,颜色非常浓重,紫色、绿色和深蓝色。田中先生将一端靠近摄像头给我看,上面的每一块都是一只折纸小鸟,确切地说是纸鹤。一共有一千只,用一根线串在一起。按照民间信仰,谁折了一千只纸鹤,就能实现一个愿望。我不敢问他的愿望是什么。

他们花了将近两个小时火化瑠衣姨妈的尸体。与此同时,田中和母亲到了琴姑姑的家。两栋房子之间的距离只有六百米,但他们走了至少一个小时,因为建筑都被烧毁,要么坍塌,要么夷为平地,到处都是瓦砾,他们不得不在残破木屋的石头地基间穿梭,从中绕行或者挖掘。

琴姑姑的房子距离零号地区仅仅四百米,所以处在"胖子"的彻底摧毁范围之内。在那个区域内,尸体已经完全炭化,无法辨认,甚至看不出性别。然而,在那天,零号地区对于田中来说尚没有任何意义,"彻底摧毁区域"和"胖子"也是一样,因为这些东西还都不存在。

田中和母亲逐一检查那些尸体。最终,他们找到了看上去好像是姑姑家房子的废墟。他们检查了周边的尸体,在翻动尸体时,经常会把它们"弄坏",也就是说,尸体会在他们手中分解。不过,他们最终还是找到了琴姑姑和她的侄子诚。通过大腿根部的两条布条,他们认出了姑姑和服的图案。那并不是布料本身(已经烧毁了),而是印在皮肤上的图案。至于诚的尸体,辨认的依据是他的个子比一般人高。

诚一周之前抵达长崎放美食假。他在东京大学攻读数学,因此没有入伍。不过大城市食物匮乏,所以学生们不时会被要求回家去吃东西,以便恢复体力。诚本来应该在八月九日出发返回东京,也就是那天早上。

田中和母亲明白,他们无法将尸体运走,于是决定回到瑠衣姨妈家,去找其他亲戚。尽管那栋房子被压扁了,但还是最为安全的结构之一,所以很多烧伤者都集中在那里。他们的伤口都是黑色的。"因为上面落满漆黑的苍蝇"。当时,爆炸已经过去三天,加上八月的炎热,腐烂的气味吸引着苍蝇。"你一靠近,苍蝇就散开了,于是会看到伤口处满是蛆虫。"鉴于没有任何医生,伤者的家人只能用吃饭的筷子将蛆虫从肉里夹出。

一般情况下，在日本，逝者的遗骸会被存放在骨壶里，就是一种骨灰瓮，但瑠衣姨妈的骨灰被放在厨房里一个尚且完好的瓶子里。火化结束时，田中看到金属板上的遗骨仍然能够展现出姨妈的身形，不禁痛哭起来。那是第一次，也是唯一的一次。到了仪式的下一阶段，也就是每个亲人都要用筷子将逝者的遗骸放入瓶子的时候，他重新变得镇静而沉默。

他们决定在天黑前回家，是走一条不同的路。不再翻山越岭，而是从南面绕过去。在通往港口的中央大街上，瓦砾中间挖出了一条通道，那曾是电车轨道。田中和母亲沿着这条路前进。然后，他们又沿河边走了一段路。在一座桥下的小人工湖里，田中看到水上漂浮着三十几具尸体。"他们非常肿胀，嘴巴都大大地张开。"

不过，令他更为刻骨铭心的是他看到的一个男孩，又或者是女孩。河边有一栋房子被烧毁，夷为空地。空地的后面有一堵歪斜的石墙，那个男孩或者女孩被"粘"在墙上，胳膊和腿都张开着，仿佛被冲击波拍在那里。田中和母亲又在瓦砾中走了四公里，一直到中川町。周围寂静一片，弥漫着奇怪的味道。

我在地图上寻找中川町，然后共享屏幕。地图出现的时候，田中先生把身体向面前的显示器倾了倾："就在那里。"他指引着我找到了神社的确切位置。神社后面有一座小山，山里挖了掩体。

我们在屏幕上把他和母亲往返的路线重新走了一遍，确认了每一站的名字。这座山名叫金比罗山，那条河叫浦上河，琴姑姑居住的街区是冈町。原子弹应该不是在那里爆炸的，而是在更南边的滨町。

假如不是有云，田中和他母亲以及同学距离原子弹爆炸中心就只有不到一公里，刚好处于辐射范围内，幸存的可能性微乎其微。一切都会改变：田中就不会在我面前讲述这个故事，他的母亲田中名子，就不会依靠传统医学、盐腌李子和清酒活到一百零二岁。

假如没有云，历史就会颠覆：会是瑠衣姨妈和琴姑姑去金比罗山里挖掘他们的尸体，把一具具尸体翻过来，寻找粘在皮肤上的布料，最终把他们辨认出来，母亲和儿子。然后在人类有史以来最严重的灾难背景下，用临时搭建的火堆将他们火化。

我和诺维利经常谈论云在原子弹历史上的重要性、云对于他的重要性，以及云所具有的普遍重要性。我尤其记得其中一次：夜已很深，卡罗琳娜和孩子们都去睡了，我们还在喝酒。两个人都四仰八叉，各自占据一张长沙发，诺维利看上去异乎寻常地脆弱。通常情况下，他扮演人间清醒的角色：他发誓自己在科学界尚感兴趣的只剩加薪和避免去教一年级课程。不过，我知道他的内心并非如此。就像所有科学家一样，他对自己的职业怀有一种浪漫主义，希望有一天他的名字也能被用来命名某样东西，比如一个方程式或者自然界的某个常数。那天夜里，我问他，假如可以选择，他希望用自己的名字给什么东西命名。

"什么也不命名。"

"就当是个游戏呗，"我坚持道，"你想命名什么？"

诺维利深吸一口气，然后向我坦白，其实他想过某种东西，但既不是方程式，也不是常数。"那是什么呢？"

假如可以选择，他希望是某种更加……无常的东西。

"比如说云？"

"比如说云，没错。实际上，已经有了壮观而又罕见的开尔文－亥姆霍兹云，就是天空中那些顶部尖尖的、如海浪般的波浪云。为什么不能有诺维利云呢？"他的学生们参加的那个比赛也是为了这个。或许早晚有一天，其中一个学生会拍到非常特别的云，他会研究那种云的成因，然后用自己的名字为它命名。

说到这里，他从沙发滑下来，跪在地板上。他把手机屏幕凑到我鼻子底下，说："瞧瞧这里，瞧瞧。"

他让云彩的照片一张张在屏幕上滑过，其中的几张非常奇特，简直像是电脑生成的，乳状云、滩云……"是不是不可思议？"几千年以来，人类始终注视着同一片天空，然而新的形状仍在不断被发现和分类。世界气象组织刚刚将一种云加入国际云图，它叫 asperitas。

我感到带着伏特加味道的热气直接从他的鼻孔喷出来，但并不令人讨厌。

"你知道最奇妙的是什么吗？这个 asperitas 也是由水蒸气构成的。所有的云都无一例外地由水蒸气构成。边界条件会变化，温度、压力和气流。它们之间的组合是如此之多，由此创造出无限的多样性。"

他打开浏览器，在里面输入了点什么。于是开始播放一个延时拍摄的视频：一团天蓝色的稠密气体在湖水之上移动。这团云就像是一个管子，以不自然的方式悬在空中，我不禁问他是不是剪辑的。诺维利摇了摇头说："这是卷云。当一大团暖空气在稠密的冷空气上方快速滑过时，云就可能在交会处卷起来。"他用手指在摊平的手掌上模仿这种流动的过程。"它们可以延伸数百公里，在前进过程中不会改变形状。这团云是在密歇根湖上空拍到的，不过非常罕见。无法预测。"

我们再一次注视着云在天空中移动。我感觉像是要下雷阵雨，但诺维利向我保证不会，大部分卷云不具威胁。"你应该从中寻找灵感。"他说。

"寻找什么灵感？"

"你可以以此为主题写一本书。我可以帮助你。"

"你是不是想做这本书的主角？"

"这由你决定。"

"那么我们可以把这本书叫作《研究云的男人》。"

"我喜欢，"诺维利说，"《研究云的男人》，听起来不错。"

不知不觉中，我们的友谊达到巅峰，一起注视着手机上的云的照片。有几个小时，我认真考虑了他的建议：共同创作一本关于云的书。那会很开心，至少有那么一次，和某个人共同完成一个项目。和他共同完成一个项目。

几个星期之后，《研究云的男人》作为他的专栏名称出现在某份报纸的周末副刊上。诺维利并没有征得我的同意，我也假装什么都没有发生。此外，我并不确定半夜两个醉鬼的一场谈话能够为我保留某种著作权。

二〇一七年十一月，我又回到的里雅斯特上课。经过几个月关于原子弹的单一主题阅读，我的脑袋里挤满了核物理学家的传记，于是决定将课程集中在这个类型的叙事上。在第一堂课上，我向学生们坦白了自己少年时代的癖好：在《美丽心灵》上映的时候，我独自一人去电影院全神贯注地看了电影。我讲述了在接下来很长一段时间里，我都幻想着自己也能像约翰·纳什那样在玻璃窗上写满没有意义的公式。我又开始泛泛地谈论科学传记片：其中总会有那么一刻，在与普遍的怀疑论做斗争之后，响起热烈的掌声。他们注意过吗？艾伦·图灵、托马斯·爱迪生，还有史蒂芬·霍金，至少是在他们的电影传记片中，每个人都赢得了救赎的掌声。

讲到此处，一个女生举起了手，问我有没有想过在我的科学家万神殿里也加入几位女科学家。教室里响起一阵满意和兴奋的骚动，就好像很多人都默默想到了类似的问题。

"我承认，我没有考虑到这个问题。"她歪着头笑了笑，谴责我的天真："真的吗，老师？"

"很显然，我对女科学家怀有同等的景仰。"

"完全同等？"

"当然。"

"比如说呢，您景仰哪一位？"

我的脑海里闪过一些名字，事实上并不多。然后我说："首先是居里夫人。"

女孩用手触摸了一下前额，这种动作使她接下来的话带有一种厌倦之感："也就是说玛丽亚·斯克沃多夫斯卡。今天我们至少可以体面地用她婚前的名字称呼她。"

"玛丽亚·斯克沃多夫斯卡，随你喜欢。"

"并不是因为我喜欢，老师。这样称呼她是正确的，仅此而已。"

她的面孔非常消瘦，深色波波头，短而直的刘海，是近几年流行的发型。她肯定是物理系的学生。"我可以知道你的名字吗？"我问她。

"费尔南达·卢科。"

"非常高兴认识你，费尔南达。"

我像往常一样来回踱步，应该沉默了相当长的时间。我没有在思考任何特别的策略。我更多像是在衡量这种前所未有的不适，问自己这是不是我应得的。我的耳边回响着刚刚听到的那句："真的吗，老师？"班上的学生都专注地等待着。

"费尔南达，我喜欢你这种有力的态度，"我说，"这正是我希望在这里进行的讨论。所以，我接受你的挑衅，而且发誓会去思考。此外，女性在科学史中代表性的欠缺是众所周知的事实。只要数一数诺贝尔奖获得者中女性的人数就知道了……"

"一下子就数完了，"她打断我，"在一百二十年中，只有三位女性获得了诺贝尔物理学奖。"

我不禁一笑："我就知道你来自物理系。"

然而，费尔南达无视了我努力表现出的善意："老师，我的话并非挑衅，而只是一种澄清。"

后来，在食堂里，我给玛丽娜讲了费尔南达令我感到自己多么不够格，好像我一直以来都想错了。玛丽娜表现得很中立，或许是在为自己保留这种可能性。然后，她向我坦白说，在课程开始的时候，她也经历过类似的紧张氛围：她引用了理查德·费曼的自传。"你读过这本书，对吧？""当然，在大学里，对于每个想成为物理学家的学生来说，这都是必读书目。那又怎样呢？"

"理查德·费曼是一个性别歧视者和性骚扰者。"

"我有点注意到了。"

"我也有点注意到了，"玛丽娜说，"但我们注意的不够，问题就在这里。我们没有把这件事情当回事。而对于年轻人来说，这是无法接受的。我重新读了那些部分。费尔南达说的对，费曼把那些不愿意跟他上床的女孩称为婊子，还说她们令人恶心，而且是在很多场合这样做。除此之外，他认为女性不适合从事科学研究。"

"我从来都不太喜欢他。"

"但你不喜欢他的理由是错误的。"

"是这样的，我不喜欢他是因为他吹牛皮，他总是把物理学说得很简单,而对我来说一点也不简单,还因为他打手鼓。至于他是个性别歧视者,在上大学时我几乎没有注意到。"

我陪她出去抽烟。"回到费曼的话题,"我说,"假如我是你,就不会过分自责。"

"为了自己的一无所知?"

"敏感性也是要结合环境的。而且在我们上大学的时候,一切都和现在不一样。"

玛丽娜吐出一口烟,说:"我觉得这个立场非常舒适。"

"或许吧。反正一切都有些夸张。"

回来的时候,我没有跟她一起去乘电梯,而是改变路线去了图书馆。晚上,我点了个吐司在家里吃,修改了课程大纲。尽管我觉得艾丽丝·门罗关于俄罗斯数学家索菲亚·柯瓦列夫斯卡娅的短篇小说有些无聊,但还是把它加了进去,然后又从头到尾阅读了居里夫人的自传。其中的第一页证实了费尔南达的说法:"我来自波兰,我的名字是玛丽亚·斯克沃多夫斯卡。"第二天上午,我在课堂上谈到这本书,就好像一直都知道它,但小心翼翼地避免分享这段文字。

回到罗马,我跟洛伦扎讲了与费尔南达和玛丽娜的讨论,以及我感到的不适。晚餐结束后,我们仍旧在客厅里逗留,她坐在单人沙发上,我躺在长沙发上。自从欧金尼奥去美国之后,一天的那段时间重新归我们所有。通常,我们就待在那里,读书或者玩手机,最后把晚餐拖到很晚,或者根本不吃。那是非常亲密的时刻，同时这种空虚又令人感到有些担忧。

洛伦扎几乎是不情愿地听了我的讲述，并没有评论。然后，她突然问我："在你看来，我太不女性主义了吗？"

我不能肯定这是一个简单的问题还是一个陷阱，所以我用另一个问题来回答她："你为什么这样想？"

"不知道啊。可能是当下正在发生的事情让我对自己产生了怀疑。"

当下正在发生的事情大约就是这些：哈维·韦恩斯坦事件引发的浪潮，对两性关系的重新定义——或许是永久的重新定义，在任何工作氛围中都能够感觉到的普遍的紧张气氛，或者更宽泛地说，是一种新的时代精神（无论它意味着什么）的出现令每个人都暗自觉得心虚。

我说："你是个女性主义者，以你自己的方式。"

洛伦扎起身去了厨房，我听到她在削苹果，然后是嚼苹果片的声音，之后她回来，我们开始聊别的话题。假如说在她身上，也就是说在我们的婚姻当中，缺乏女性主义，那最好不要让它出现。即使对于那些关系和谐的夫妻，这种讨论也会不欢而散。最近一段时间，我们确实非常平静，但在这种平静当中，亲密的感觉已经所剩无几。

我时常幻想着离开。我的内心生活几乎都全部沉溺在幻想中，想象着离开洛伦扎、欧金尼奥和我们的公寓。顷刻间抛弃一切，背着轻巧的行囊向无法预知的生活出发。在那里我会发现什么呢？有什么不同的东西在等待我吗，有比自我控制更加令人兴奋的选择吗？经历了几年的婚姻生活之后，我感觉对外面的世界已经不甚了解。我把它想象得疯狂而又充满竞争，有 Tinder 软件上粗暴的配对，以及快速而随意的性爱。谁知道亲密关系是否也会被评级，就像餐馆那样，谁又知道是否还存在纯粹的亲密。无论如何，重新来过对我来说是不可能了。

然后我又对自己说：这些只是保持四平八稳的借口，而我应该一头扎进去。假如所有人都能做到，我也可以——假如所有人都能做到这个假设成立的话。比如，看看朱利奥的情况，我就没有这么确定了：他还有性生活吗，还是变成了某种当代苦行僧？

需要做出抉择，而且得尽快。假如可能的话，要在四十岁和严重的疾病来临之前：要么接受洛伦扎和我已经拥有的东西，接受中途停止的关于女性主义的讨论，接受用苹果片代替晚餐，接受我们的不育，接受所有这些就是我们仅剩的生活的全部；要么对自己说，在活着的时候应当不遗余力。

还要从专业的角度看待这个问题：身为作家，我还能坚持多久，如果仅仅是讲述野心和没有实现的经历？想要写作，难道不是首先要疯狂地生活？然而，我始终止步不前。总是任凭其他想法污染理智，无限分散寻找答案的注意力。

诺维利那个名为《研究云的男人》的专栏，一共持续了六个月，确切地说是从二〇一七年十一月到二〇一八年四月，然后就因为作者的不谨慎戛然而止。在那段时间，这个专栏保证了他的某种曝光率。如今，他规律地从巴黎连线，应邀参加下午的某档谈话节目。

为了进行下一部分的讲述（一切都急转直下的那个部分），我重新阅读了一月之后的专栏文章，从中寻找情绪变化的迹象，任何警报都好，但一无所获。诺维利谈论的都是些常见的话题——气候变化、无节制的消费主义以及理性危机——他内心深处的感受却无从辨别，就好像他竭尽全力掩饰，又或者连他自己都没有意识到。

我们很久没有见面了。也许是他远离了我，我不知道。成年人之间的友谊经常会有这种波动，大部分情况下毫无缘由。

我知道年初的时候他去热那亚参加了教授竞聘，这使他终于回到意大利。面试本该只是走个过场，在出发前他用一个奇怪的意象向我描述这场面试的意义：仅仅是为了检查鱼眼睛。"什么意思？""确认它能转。"

在热那亚，他就自己最近的研究做了演讲，台下是他认识二十年的同事，都是环境和气候物理学方面的专家，其中很多还曾是他的博士生。他赢得了掌声，在问答环节，他特别提到了自己将为学校带来的欧洲研究经费。只有一位外校的评委会成员态度奇怪，那位来自卡利亚里的女老师始终保持沉默，只是在最后——仍然是根据诺维利的说法——突然提及他在一次电视采访时说过的话，涉及南极洲钻探，她对此完全不以为然。诺维利甚至不记得那次采访，但那个评委会成员不合时宜地固执坚持，直到他失去了耐心，用了一种"有点自以为是"（他自己承认的）的语气。

评委会的其他成员保持沉默，看上去为那个同事的行为感到尴尬。无论如何，他们还是打破了僵局，一切都按计划结束。诺维利没有与他们共进晚餐，毕竟只是为了装装样子。他回到巴黎，几天之后竞聘结果公布：他的名字排在第二位。

今天我明白自己低估了那次失败的影响。此外，在概括事情经过的那些短信中，他的语气很平淡："他们暗地里使坏。"这种平淡很容易被误认为是漫不经心。

当两个月后，也就是三月下旬在罗马见面时，他的失望仍然非常强烈，以至于都没有先寒暄几句他就开始讲那次竞聘，仿佛他的思绪这么久以来始终在那个唯一的轨道上运行。"他们选的那个取代我位置的家伙，"他说，然后又停下来，"算了。你知道我的 H 指数（被引用指数）吗？"

实际上，我几乎不清楚何为 H 指数，只知道与对科研活动的评估有关，计算方法涉及文章被引用的次数。

"九十八。九——十——八。"

我装作为那个数字感到震惊，事实上却没有任何参照。

"被聘用的那个人H指数只有三十四。当然，这不算差。只不过，假如去翻翻那些被引用的文章，一眼就会发现背后存在一个利益交换群体。她和其他几个人，总是那几个人，像疯子一样互相引用，以提高H指数。但在那个圈子以外，他们几乎是无人知晓。无论如何，我的指数是九十八，而她是三十四。"

"所以你的解释是？"

诺维利用餐巾擦擦胡子，然后小心地放在桌子上。"他们需要聘用一名女性，以达到性别平衡，明白吗？性别平衡，"他一字一顿地说，"这就是我们的现状。"

"你会申诉吗？"

他敷衍地挥了下手，否认了这种假设。

诺维利看起来十分疲惫。他的衣着像往常一样无可挑剔，但人看上去灰头土脸，好像在外面待了太长时间。我想他衣服下面一定汗津津的。但也有可能与我的心情有关。诺维利在最后一刻才告诉我他会顺道经过市中心，就好像他并不愿意这样做，这令我不悦。

"你看起来很沮丧。"我强迫自己说。

他耸了耸肩。不停地用手指转动杯垫。"咱们吃饭吗？"不等我回答，他就已经向服务员示意。

我们点了两个头盘，沉默良久，小口地喝着水。菜端上来之后，两个人都不情愿地吃完。在太阳被云彩遮住的片刻，我指着天空说："这个云叫什么，研究云的男人？"

我这样说是为了把谈话带回情感层面，但诺维利甚至连眼皮都没有抬一下。他只是耸了耸肩，对于这种默契表示拒绝。他应该是觉得其中缺乏真诚。

我们谈了几分钟政治，就选举的结果发表不满。诺维利问我是否看过五星运动的纲领，我不得不承认没有，而且甚至没想过去看。流连于我们自身以外的话题使我更加伤感。于是，当他终于谈到洛伦扎的时候，我宁可长话短说："洛伦扎一切都好。"

我们想尽快离开那里，说好到别处喝咖啡。在咖啡馆稍事停留之后，我们一路走到桥边，然后转向台伯河大道。梧桐树的树根穿破了柏油路，使我们被迫一前一后走。走在后面的诺维利又开始发泄。卡罗琳娜决定无论如何都要回到热那亚，不论是否能够得到教席。目前他们正在把房子退租，修缮另一处住所，为孩子们注册学校。所以，他会在巴黎寻找一套更小的公寓，一间工作室。他会在周末回热那亚。又或者他们会离婚，那么他就成了那些只能断断续续做父亲的人中的一员。"就像朱利奥。"他又说。

诺维利让我停一下。他靠在石栏杆上，有点气喘吁吁。"还好吗？"我问他。

"还好，应该是花粉的缘故。到处都是花粉。花季开始得越来越早。"

我们注视着褐色的河水在下面流过，距离我们有好几米。诺维利说:"你知道吗,我一生参加过几十次竞聘。有的时候是候选者,但更多是作为评委会成员。其中一些我通过了,另外一些没有。我一直认为这很正常,是每个科学家生活的一部分。然而,可能应该确定一个年龄界限,在那个界限之内,可以接受被淘汰,而我已经超出了那个界限。所有这些评估,无时无刻不在进行。永远不停。而这一次……我不知道,对我来说有点不同。"

在这一刻,我应该发出友好的信号。只需伸手搂住他的脖子,甚至拂过他的衣袖,或许这样就可以令事情改变,不只是那一天,还有未来。又或者不会,那样做只会让我免于内疚。然而,从我们见面开始,诺维利就一直在说他自己。我对他说我得回去了,关于热那亚有什么新消息可以告诉我,假如来罗马就找我,最好提前通知。我们穿过马路,向着相反的方向渐行渐远。

我在谷歌上设置了关于诺维利的推送服务。我有点不好意思提这个，尤其是诺维利并不知道，但当时我为自己辩解，认为这是对他的额外关注。他几乎从来不会提前通知我他在电视上的露面，甚至经常会忘记在推特上发布预告，可是我又不愿意错过那些节目。假如没有推送，我不会知道那场讲座。在罗马见面两周后，在三月的一个周六上午，我收到一条消息：诺维利将会在名为"妇女赋权与气候变化"的会议上发表演讲。

我漫不经心地给他发了信息，就好像是偶然看到的。"是的，是 TEDx 讲座，"他向我确认，"是线上直播，你感兴趣也可以看看。"他的回复语气很中性，难以理解，还好几秒钟后他又写道："值得一听。"

那是毫无成果的一天，就像很多毫无成果的日子一样，我只是在网上瞎逛，从一个链接跳转到另一个链接，寻找刺激。关于原子弹的那本书搁浅了：我越来越怀疑没有任何真正的新东西可写，我也写不出任何新东西。到那时为止，我已经读了两遍理查德·罗兹的《原子弹秘史》，狂热地在句子下面划线。那本书已经包含了原子弹爆炸之前的一切，而且获得了普利策奖。约翰·赫尔西的《广岛》则包含了爆炸之后发生的一切，而且被认为是一部经典之作。所以说，还有什么空间留给我呢？

然而，我并没有放弃。有些项目本身就自带一种宿命感，让你毫无理性地为之着迷，虽然原因你并不知晓。通常情况下，它们都是海市蜃楼，你明白，但你仍会情不自禁地靠近，直到它们在你面前消失。原子弹就是如此。我越写越慢，带着一种清醒的绝望，等待着发现手中空无一物的那一刻。

我上网听那场讲座，更多是出于无聊。注册账号使我错过了前面的几分钟，然后我发现参加巴黎气候变化大会时的账号依然有效。事实上，多年以后，我还继续收到主题包含"复原力"和"适应性"字眼的邮件。我甚至不曾打开就把它们删除了。

台上有一位女士在愤怒地谴责那些银行家，因为他们出于贪婪无节制地对她生存的土地和全世界进行掠夺。过了好一会儿我才意识到她来自北美洲一个我从来没有听说过的原住民部落。她的论点含糊不清，却充满激情，因此令人着迷。

这位女士的发言总共持续了十几分钟，接着轮到一位来自喀麦隆的女研究员。她介绍了女性就业率上升与所在地区火灾数量减少之间的关系。不过，她的英语不太好，而且开始使用 new age 的表达方式，比如"我的自然母亲"和"地球的和谐"。我摘掉耳机，开始浏览直播框旁边的日程。

显而易见，鉴于所涉及的主题，发言名单上几乎都是女性，主要是女科学家，但更多是女性社会活动家和各个族群的女性代表：泰瑞纳人、霍马人、卡纳瓦人和马普切人。每位发言人都提出了一个关于气候变化和女性参与社会生活的问题。日程上预计还有关于非二元女性土地耕种者和"战斗的女性"团体的集体发言。压轴的无疑就是那位环保主义超级明星：娜奥米·克莱恩。诺维利是发言人中唯一的意大利人，也是为数不多的男性。

我又在 WhatsApp 上给他发了一条信息：我觉得有点像学生集会。

他读了我的消息，但没有回。因为马上要轮到他发言了。

会议主席用了很多溢美之词来介绍他，说他是世界上最重要的环境危机专家之一，是云增白研究的先驱。主席用意大利语说："我们有请研究云的男人。"然后诺维利终于登台了。

完整的演讲在网上保留了几个月，下面有大量评论，但不知道什么时候被删除了。我不知道是谁干的，是诺维利本人，还是组织者，也不知道他们为什么没有立刻删除。或许是为了等待事态平息，以免删除造成更大的骚动。无论如何，那段演讲已经不复存在。所以，我只能凭借回忆来讲述，其中不可避免地会有一些不准确之处，不过能够肯定是忠实于根本思想的，因为它给我留下了深刻的印象。

诺维利用在我对他的采访中说的那句话作为发言的开头：数据不会说谎。这个细节使我感觉与他的计划之间有一种遥远的默契。"人类有的时候会说谎。然而数据不会。数据中只有关于世界的真相。我们将从数据开始谈起。我建议大家以数据为基础去分析所谓科学研究领域内的性别不平等。我之所以说'所谓'，是因为就像我们将一起看到的,这个领域里占主导地位的是偏见和谣言。一切都不像表面看上去的那样。"

作为演讲者,诺维利是一流的。他用非常意大利的手势在面前透明的空气中塑造概念,同时又用盎格鲁-撒克逊式的严谨与明晰阐述它们。他时不时穿插一些俏皮话,用激光笔在演示文档上画圈,甚至插入了一些幽默的漫画。

诺维利引用从媒体上收集的断言,揭示了关于科学领域内女性生存条件的主要批评。根据那些断言,或者像诺维利明确指出的那样,"根据主流叙述",男性到处占尽优势。在大学和研究团体当中,他们扮演着领导者的角色,有数目可观的项目基金留给他们。与此同时,女科学家还控诉他们进行不同程度的骚扰,甚至把那种霸凌定义为一种货真价实的文化、一种有组织的制度。还存在着各种歧视性和有害的做法,都被冠以英语名称:爹味说教、围攻和煤气灯效应(这个词又出现了)。

"我非常认真地研究了这些观点。非常非常认真。正是出于这种原因,我决定对它们进行度量。鉴于我是一名科学家,科学正是以这种方式走向真理:不是借助口号,而是度量。现在,请允许我向大家展示一些图表。"

那些数据都是他本人和某个名叫 M.安布罗西尼的合作者一起编制的,他从来没有跟我提过这个人。那些曲线明确显示,在科学研究领域,男性和女性之间的权力差异的确存在,即使不是收入方面,在代表性方面肯定也是这样。比如说,国际会议上男性演讲者的比例要高很多。"当然,这个会议除外。"诺维利说。

听众中传来轻松的笑声。

不过，我们终于进入了意识觉醒的时代！少数群体从各个领域出现，要求得到中心地位，其中也包括女科学家。"好的，"他说，"非常好。这是一个特别好的消息。为了推进知识的进步，我们需要新鲜的能量、想象力和意志力。"

现场导演很少拍摄观众，但此时把镜头对准了他们，足以使我了解观众是何等投入。终于有一名男性，而且是著名教授，愿意直面这些问题，并采取明确的立场。然后，镜头又回到他身上。

"然而，"诺维利说，"在对一个现象进行评估时，科学家会自然而然地提出以下问题：为什么，为什么会有这些差别？出于什么缘由？是纯粹的社会结构，还是背后另有原因？我觉得这个问题提得很好。而且，对于科学来说，所有好问题都是合理的，甚至是必须的。现在，请允许我过渡到分析的第二部分。"

他用了一些时间解释他和 M. 安布罗西尼一起针对男性和女性研究员表现所作的量化调查的标准。他提供了各项指标的数学定义，但对于那个听众群体来说过于复杂了。那些曲线以各种方式与发表的论文、学位等级以及在学术机构里担任的职务和 H 指数产生交集。每张图表都用不同颜色对男性和女性的趋势进行对比。通过一张又一张的图片，他的观点开始逐渐清晰。

根据那些数据，在进入科学领域时，女性和男性具有同样的机会，但很快就落在后面。假如说在通过大学考试方面，她们与男性同事具有一样的天赋，甚至更加优秀，在研究领域的表现却迅速黯然失色。从某个点开始，两条曲线出现分歧，女性发表论文的平均数始终低于男性。在参加竞聘的年龄段，也就是三十到四十岁之间，女性科学家的"表现"明显不如男性科学家。

总之，按照诺维利和安布罗西尼的分析，权利不平等的确存在，但完全不是因为社会的不公，其中存在着一种内在和符合逻辑的理由：女性科学家在科学领域不如男性成功，是因为她们的平均能力较差。

我感觉有些迷惑，以为误解了诺维利的最后几个词，可能是对他的英语在理解上出了问题。他真的说了女科学家"平均能力较差"吗？还是我忽略了某些细微之处？

无论如何，他并没有就此结束。在随后的一系列图片当中，他变了某种戏法。在不到十分钟的时间里，他得出的结论甚至与开始时相反：在科学领域的确存在性别歧视，而且是对男性不利！因为时代的精神——这是他的原话——对男性不利。目前学术界强行推进的性别平等，从意义和目的上讲都是一种颠覆精英制度的"政变"。

假如他以这些话作为总结，那么事情可能会到此为止。当然会有很多批评，但问题只会局限在学术界。讨厌的诺维利教授的立场具有挑衅性，但无论如何有利于推动这类辩论。他会在大学里找到某个人为他辩护，争论也将很快平息。然而，这并不是诺维利所希望的，或者无论如何还不够。

在短暂的喘息之后，他的声音变得低沉："我想用一个个人的小故事来证明这一切。咱们就这样说吧，是一个作为证据的轶事。最近，我在自己的家乡热那亚参加了一场教授竞聘。你们明白的，我老了，感受到故乡的召唤。"

他试图在报告大厅里得到认同，但这一次，至少是从直播中看，只能感觉到一种强烈的紧张气氛，别无其他。

"举行了一场竞聘，"诺维利继续说，"最后，按照评委会不容置疑的决定，那个职位被授予一个女性同事，"他摊开双手说，"有时候会这样。在竞争中本来就有输有赢。不过，离开之前，我想再给你们看一张幻灯片。我保证，是最后一张。这是我和那位获胜者，我的同事盖娅·森西教授学术出版和引用情况的对比。"

盖娅·森西这个名字，如同一记耳光在报告厅里回响，尤其是整个演讲是在匿名的统计领域进行的。好像这还不够，在诺维利背后的屏幕上，出现了那位女教授的照片，有些模糊，因为这张低分辨率的照片被过度放大。另一边是诺维利本人的照片，非常清晰，还带着灿烂的笑容。屏幕的中心是图表。如今我们已经熟悉了坐标轴上的变量和它们的含义。诺维利教会我们看懂这些，所以，那些成果曲线之间的不成比例，至少按照他的构想，显然是压倒性的。

"我没有什么要说的了，"他说，"女士和先生们，数据。数据是不会说谎的。今天我听了众多非常有启发性的演讲，其中很多都要求公平。公平是一个美妙的概念，我同意。只要对所有人都能适用。非常感谢大家的聆听。"

他从台上走了下来。听众报以掌声。掌声微弱，好像有些不确定，但还是鼓了掌。习惯比一切都要强大。对于这些如此有教养的文明听众来说，在一位教授结束演讲后鼓掌是一种条件反射。

就连紧随其后发言的大会主席都没有立刻发表评论。她按照惯例向诺维利致谢，只不过这似乎花费了她很大的力气。然后，她介绍了下一位演讲人，是一位研究生态系统的英国女学者。

女科学家张开嘴，准备开始演讲，但并没有发出声音。她的目光非常缓慢地环顾报告厅，从一侧到另外一侧。最后，她说："你们和我听到了一样的声音吗？还是我在做梦？我就好像刚刚从噩梦中醒来。"

就在那一刻，全场爆发出雷鸣般的掌声，像是得到了某种解放，与对诺维利的掌声不同。这阵掌声将诺维利活埋。

在那之后，我记得自己迷茫了一会儿，但不记得有多久。我肯定从写字台前站了起来，到厨房去过，然后转了转，可能是吃了点东西。洛伦扎不在家，我很遗憾不能与她谈谈。

当我再回到电脑前，会议已经恢复正常。手机就放在旁边，但我不敢拿起来，就好像感到那里面有什么东西在骚动。所以，我就这么一动不动，直至收到朱利奥的信息：一条推特链接，还有一个问号。

那条推特是一位名叫费奥娜·麦穆里甘的美国社会学家发布的，她将诺维利不合时宜的行为定义为"中世纪和怪诞的"。她还希望这位意大利科学家立刻被他所属的大学，甚至是他所属的任何组织驱逐（她严谨地加上了所有这些大学和组织的标签）。

我点开她的个人主页。费奥娜·麦穆里甘在二〇〇一年注册了推特，蓝V，粉丝差不多九十万。当然，她也加了诺维利的标签。我不假思索地点进标签，跳转到他的主页，发现实时粉丝数以百计增长。

在我的推送动态中，所有人都在谈论诺维利。我明白，这只是一种数字化幻觉，集中推送你可能会感兴趣的内容是算法的功能之一，但还是令人震惊。已经创建了三四个标签，但领先的还是其中最简单的那个：#诺维利。

与此同时，他的发言视频已经被剪辑，并以碎片化的形式在网络上传播。脱离了发言的背景，这些观点显得更加灾难。朱利奥应该是立刻跟上了进度，他给我发信息："我们的朋友可让大学里那些人有事干了。"我问他觉得接下来会发生什么，他给我发了一个骷髅的表情符号。

B.S. 的电话打断了我们的交流。这正是我不自觉地等待的。一般情况下，我都是跟 B.S. 讨论写给《晚邮报》的文章。我考虑过是否要忽略这通电话，但那仅仅意味着将对质推迟。"你看到诺维利的发言了吗？"他问。

"我刚才正在看。"我说。

"那篇采访是你为我们做的对吗？是你建议的。"

我保持沉默。没有什么需要确认的。

在报社，B.S. 负责所有关于当代社会女性生存条件的议题。他还创建了一个博客，组织了一场活动。我在那个博客上发布过几篇文章，而且作为嘉宾参加了活动，就性别平等发表谨慎而理智的观点。

"我已经很久没跟他联系了，"我说谎了，"事实上，我觉得自己甚至不再有他的电话号码。"

"假如联系不到他，你或许可以写一篇评论。我们会有专门的报道，不过可以把评论登在旁边。"

"我不能。"我说。

"你看,我觉得不会花太多时间。只要三十行就行。只需要描述一下他的那种妄想式的分析。"

"我不能。"我说。

"对不起,可以给我解释一下为什么吗?"

"因为诺维利是我朋友。"

挂掉电话(在 B.S. 最后三四秒钟的沉默之后),我又回到推特,有点狂热地回到最上面浏览刚才错过的评论。评论已经有几百条,包括各种不同的语言,而且我能够看到的肯定只是一部分。诺维利遭到了笑话或者表情包形式的指责、诽谤、侮辱以及嘲笑。

算法把玛丽娜委屈的争辩推送给我。她以女科学家对男科学家、女物理学家对男物理学家的形式,直截了当地回应了他,深入他的分析本身,对其原则和诠释都提出质疑。在展示男性和女性在毕业之后表现的差异曲线(假如这是真的)时,诺维利没有考虑到任何有意义的平等研究的关键因素:学界固有的大男子主义、家庭中的责任以及社会条件。这位教授有没有想过,为什么那些女性在学生时代如此优秀,但作为三十岁左右的年轻女科学家,发表论文就那么困难?

在帖子最后,玛丽娜出乎意料地吐露了某些个人情况。在她从事材料结构学那会儿,得到了苏黎世联邦理工学院的研究津贴。她本可以领导一个团队。不过,那时她已经有了一对双胞胎,而且他们年纪还小。她的丈夫原则上表示同意,但女性的处境使得这种原则上的同意和实际的愿意之间差距很大。在玛丽娜放弃之后,这笔津贴拨给了一位男性同事。在很短的时间里,团队取得了重要成果,而且发表了论文。那位男性同事的 H 指数上升了,而她的却停滞不前。玛丽娜最终放弃了研究工作。在诺维利的那些曲线上,有哪里是反映这一切的呢?

我本能地在玛丽娜的评论后面点了赞,随即我的脑海中闪过诺维利手机屏幕上出现"保罗·乔尔达诺赞过"的画面。我取消了点赞,尽管我不肯定这个操作是否可逆。

学校的几个学生在玛丽娜后面跟了帖,包括费尔南达·卢科,她抛出了一系列颇具说服力的图表。

我又刷新了一次。在顶部出现了库尔齐雅的一条推特,是一个从飞机上坠落的男人形象,在他下面是厚厚的云层。库尔齐雅写道:男性主义者的云#诺维利。

我们通过短信激烈争吵。"你甚至乐在其中!"我对她说。"是因为文字游戏吗?我觉得有趣,但你似乎很不高兴……""你认识他,库尔齐雅,你们是朋友!"她回答说自己只是去过诺维利家一次(我当然记得是什么时候),假如照这样推论,她应该把巴格达迪这样重量级的人物也加进自己的"朋友"名单。"假如你这么为诺维利难过,为什么不在推特上面写点什么为他辩护呢?"

然而,我什么都没有做。既没有辩护,也没有指责。我的推特主页完全中立,就好像我什么也不知道。

洛伦扎回来时，发现我坐在沙发上发呆。她问我为何如此苍白，我简略地给她讲了发生的事情，给她看了几段诺维利的演讲。"哇哦，"她评论说，"他的概括能力真是现象级的。所以说你不打算写那篇文章？"

"我能怎么办？"

"就像你一贯的做法啊。你写一篇文章。表明立场。"

"假如我要表明立场，就要跟他作对。这很明显。"

"所以你宁愿回避。"

"我能怎么办？"我重复了一遍。

就在这时，电话响了，库尔齐雅的名字出现在屏幕上。我和妻子的目光都投向那里。电话铃声断了，然后又重新响起。

"接吧。"洛伦扎说。

"我不想接。"

库尔齐雅的信息开始飞快地接踵而至。她习惯将一句话以奇怪的方式截断，分几次发送。

"谁呀？"洛伦扎十分平静地问，好像真的很好奇。

"没谁。一个自由职业者。或许是想就这个破事采访我，我也不知道。"

"那也许你最好接电话。我觉得她非常坚持。"

"我们也多少是朋友。"

"你们也多少是朋友?"

"她只是想就发生的事情表达看法,但我现在不太想听。"

"奇怪,你从来没跟我提过。"

"我肯定跟你提过。"

洛伦扎摇摇头,仿佛是在回忆,然后反驳道:"不,你没有跟我提过。"

与此同时,库尔齐雅的信息还是不断地发过来,也不知道她是怎么了。假如我遵照本能把手机屏幕朝下扣着,或者把它丢到别处,或许会更糟。于是,我在妻子越来越冰冷的目光下任由消息通知成倍增加。

"你希望我走开吗?"她突然对我说,"这样你可以安静地接电话。"

"别说傻话。"

"我走开,这样更好。"

她消失在卧室里。我听到她放下包,脱掉鞋子,然后开始移动其他东西。我趁着这个机会把手机调到飞行模式,终止了 WhatsApp 上潮水般的信息。

"你真觉得我应该就诺维利的事情表态吗?"我大声问。洛伦扎没有回答。我提高声调又问了一遍:"你觉得我应该就诺维利的事情表态,还是不需要?"

她又一次穿过客厅，但好像无意逗留，也不愿意把时间浪费在这件事情上，或者说浪费在我身上。

"去问库尔齐雅。"

随后，就开始了一个漫长的夜晚，也许每对夫妻都会经历这样的夜晚。我不知道，我是这么认为的，至少它确实发生在我们身上。

有好几个小时，我和洛伦扎在家里的各个角落彼此逃避，又彼此跟随，不过最终总是回到沙发上，仿佛是受到无可抗拒的吸引。因为沙发位于公寓的正中心，所以也是我生活的正中心。在购买它的时候，我们非常喜欢，现在却不那么肯定：颜色太鲜艳了，过于异想天开，不再能代表我们。

正是坐在沙发上——有一天晚上，欧金尼奥把冰激凌打翻在上面，留下了洗不掉的印记——我说我再也无法想象将来的我们。我不知道我们是如何从诺维利和库尔齐雅的信息发展到那个地步，也不知道是怎样的精疲力竭让我在无数可能的句子里偏偏选了那一句，但那句话是准确的：我再也无法想象我们未来会怎么样。

我对洛伦扎说自己尝试着想象未来五年、十年之后的我们，但什么也想不到。我不知道我们会是什么样子。也不知道我们会在何处。我们的未来变成白茫茫一片，就像是失明。

一切都发生得那么缓慢而又迅速。在那一刻之前，她还满怀敌意，但在我的坦承之后，她突然变了。我仍然坐在沙发上，就像是粘在靠背上，而她从后面走了过来。她用双手捧着我的脑袋，抚摸着，好像能够仅仅通过操纵肌肉抚平我的思虑，使我脑袋里缺失的想象从前额、颧骨和下颌流出来。

我们先前谈了很久，但没有能彼此触碰，所以，在那种接触中包含着某种全新的东西。洛伦扎绕过沙发，坐到我身边，就像她偶尔会做的那样，紧紧地靠着我，抬起脚，蜷着脚趾。她已经脱了袜子，但我不知道是什么时候。

"你知道我想到了什么吗？我想到了兰萨罗特岛的那个地方，我们曾经共进午餐的小村庄。"

"有裸体德国人那个？"

"对，那里。"

"你说为什么我们总是碰上裸体的人，我和你？"我问，尽管表达上有些困难。

"我不知道，但我想到他们并不是因为裸体。我想到他们是因为他们已经很老了，你记得吗？那些自然主义的伴侣，谁知道他们走到这一步之前都经历了怎样的人生和怎样的失望。所以，我对自己说，或许我们也会那样，几年之后，现在还不行，我知道，是在几年之后。没有羞耻，没有任何人关注的目光。这样的未来对我来说并不可怕。"

"在那些晒屁股的德国人中间。"

"很蠢，我明白。"

"听着塑料贝特朗的老唱片。"

说到这儿，她没有回应，也没有再说那很蠢，于是我说：

"不,我不觉得愚蠢。"

"与此同时呢?"几秒钟后我又说。

洛伦扎抬起头,像是要把对我的建议注入我的身体,但并没有松开搂着我的胳膊:"与此同时,我们可以搬家。"关于这个她已经考虑了一阵子。欧金尼奥马上就要上大学了。我们可以换一套小一点的公寓,或许屋外会有一个空间,我也终于可以有一间工作室。

"我们就这样解决问题,"我说,"通过不动产。"

我的咄咄逼人让她措手不及,也让我自己措手不及。

"解决什么?"

"用露台代替孩子,一切都解决了,太棒啦!很好,我们买新房子吧。"

片刻之前,我们曾经那么亲密,但在那句话之后,她从我们之间的交缠中脱离。不过,她还没有勇气站起来。

"你知道吗,"她说,"有的时候能够感觉到我们之间的年龄差异,我很清楚。不过,不是因为你想的那个原因,不是因为你如此执迷的身体。我能够感觉到这种差异,因为你仍然像个孩子一样对待自己的欲望。你总是专注于你无法拥有的东西,始终如此。"

"这有错吗?"

"我不知道这有没有错。不过是一种遗憾。"

我记得自己径直向前看,注视着摆放我们旅行纪念品的架子。它们多到其中的一些我甚至不记得来自何处。我们曾对每一件物品投入片刻关注，彼此讨论，讨价还价。现在，我看着它们，却没有发现任何特别之处。我注视着那些物件，说："上次去巴黎的时候，我去找了她，库尔齐雅。我去找她了。"

洛伦扎没动，或者说在我的视线范围之内没有注意到任何动作。她停顿了一会儿，琢磨那个不完整的信息，可能还在分析那个奇怪的动词"找"在这种情况下的含义，然后问："她多少岁？"

我没有什么感觉，只是脸上有某种烧灼感，仿佛什么东西真的从肌肉上擦过。"我的年纪，"我说，"差不多吧。"

"我不会干涉。你知道的。"

"你不会干涉是什么意思？"

"我一开始就不占优势。我不干涉。"

直到这时，她才站起来，然后转头望着我们旅行时买的那些纪念品，肯定也把它们看成一堆将会被丢到某个大盒子里的破烂。她没有动，说："你应该试试。"

"试什么？"

但这个问题太过分了，洛伦扎不准备就此也给予我指示，那是我一个人的事。她向厨房走去，那里有很多事要做，因为厨房里总是有很多事要做，每天，永远。

后来我们又聊了一会儿，然后——应该是凌晨两三点钟了——我们还做了爱，就像婚姻中某些漫长的夜晚一样，用性爱来结束所有的交谈，只是因为交谈需要结束，而且没有别的方法让它结束。

我们完成了做爱之后的那些仪式，仅仅是比平常稍多些感伤：我们轮流去卫生间，用湿润的海绵擦拭床围，决定第二天再更换。

我吃了安眠药，但还是没睡好。我做了很多梦。在其中一个梦里，洛伦扎和我坐在车里，她在开车。这很奇怪，因为自从我们定居罗马，她从来不敢开车。导航好像坏了，将我们带上一条山路。我们一直往上开，一直往上。夕阳西下，山上的风景美得令人难以置信，以至于洛伦扎说那是她见过最美的地方。与此同时，我们十分害怕，因为我们知道再也无法下山，但那种恐惧非常遥远，就像是在梦中。我握着方向盘，转过一个弯道，道路不见了。我们失去控制，向下俯冲了几百米，但并没有翻倒，而是垂直坠入下面的大海。

我在黑暗中打字，将这个梦记录在手机备忘录里，虽然洛伦扎可能会认为我是在深夜给某个人发信息。这只是另一个我无法放弃的习惯。

醒来的时候，我们重新变得清醒。那天是棕枝主日，我曾经向卡罗尔保证我们会去做弥撒。他特别坚持，我就让步了。所以洛伦扎和我开始默默做准备，仅仅交流一些实用信息。

罗马处于战备状态：宪兵身穿防弹衣，警察有的坐在车里，有的站在车外，有的骑马，士兵们怀抱冲锋枪，还有特种部队、装甲车、空中的直升机。突尼斯大使馆收到一封匿名信，宣称在圣周的人潮高峰，一个名叫 Atef M 的人准备在城里制造袭击事件。带有他体貌特征的正面和侧面照片已经流传开来。从这些照片上看，他毫无疑问是个危险人物：笔直的发际线，连帽运动衫挑衅地敞开成 V 形，目光深沉而又凶狠。

几天之后，"谁看到了他"节目将会在突尼斯南部海岸的马赫迪耶找到这个 Atef M，他就住在那里。那封信是同事对他的报复，可能是因为财务纠纷。但此时，罗马进入戒备状态。我们发现道路被路障封锁了。考虑到其他被封锁的道路和交通堵塞，绕过关口需要四十分钟，而且结果无法保证。对于我们的抗议，宪兵只是耸了耸肩。

"算了，"洛伦扎对我说，"咱们回家吧。"

"我们还是试试。"

"最好的情况也只能在弥撒结束的时候赶到。"

"但我向卡罗尔保证了要去。"

我们一直站在宪兵们倾斜地停在那里的卡车面前,穿制服的男人示意我们让开。洛伦扎审视了我一会儿,然后说:"你这种对于朋友的忠诚令我困惑。真的。"

那句话里有无数的潜台词,多到甚至我无法把它们一一列举出来,或许她也不能。我们睡得很少,而且睡眠质量很差,尤其是还进行了之前所有那些交谈。

"说到底,这种忠诚非常讽刺。你就去找卡罗尔吧,我在这里下车。"

她在包里摸索着,寻找着什么东西,似乎是在确认自己是否带了家里的钥匙或者我不知道的其他什么东西,事实上是在给我时间思考,然后改变主意,顺从她。我本来可以打断她的那些动作,说我们去海边吧,谁在乎什么弥撒,谁在乎卡罗尔,天气这么好,我们在一起,这才是最重要的!然而,我没有这么做。

我建议送她到家楼下,这次轮到她拒绝。她下了车,我调转车头。宪兵透过挡风玻璃注视着这一幕,谁知道他会怎么想我们。他的目光中除了冷漠并无其他。

我走进教堂的时候,卡罗尔正在宣读福音。长凳上还有一些空位置,但我仍选择站着,以便他能看到我。我向自己保证,为了遵守诺言而付出的努力,之后我要让他好好掂量掂量。

在讲道的部分，他以有些隐晦的方式谈到了选择，以及隐藏在每个不连贯性中的机会。假如耶稣的复活并非人类历史上最深刻的不连贯，那又是什么呢？这似乎是在说我，不过这正是神父讲道的技巧，我想，甚至是宗教所使用的普遍技巧：它总会让你感觉说的正是你。无论如何，在完成这个推断之前，我的思路就已经中断了。我的脑袋里想着在车里与洛伦扎的简短交谈。我想离开教堂，给她打电话，尽快把一切安排好。我总是想尽快把一切安排好。我与不连贯之间的关系不算太融洽。

仪式结束的时候，我站在入口台阶的尽头，我把在脑海中精心组织和修改过的信息发了出去，既轻松又悔恨，然后就站在那里等待回复。

我听到一个女人的声音，于是抬起头。"是您吗？"

我面前站着一个二十岁左右的女孩，栗色的头发用一根发带束在脑后。我用了不到一秒钟就明白了，这就是那个女孩。

"您是他的朋友，对吗？"

"我想是的。您好，艾丽莎。"

我向她伸出手，不知道为什么，握住她手的时候，我感到一种把她拉开以躲避人们目光的冲动。不过艾丽莎十分平静。她从非常近的距离注视着我，凝重的目光中含着贪婪，仿佛想要研究这个她花了很多时间去想象的人的所有细节。

"您想跟我去个地方吗？"她问，"去聊聊。"

我本能地把头转向教堂的入口，卡罗尔正在跟信徒们逐一告别。

"他一会儿来找咱们，我们说好了。"

我跟在她身后,因为我并没有别的选择。到了停车场,她问我可不可以坐我的车,她是乘公共汽车来的。我们上了车。在她给我指路的时候,有片刻工夫我以洛伦扎的目光审视这一场景,就好像她默默地坐在后座中间。

一路上我们都没有再说什么。艾丽莎指着一家比萨店的招牌说:"那里。"

我们在有四副餐具的桌边坐下,是用她的名字预订的。

"您妻子不来吗?"

"她临时有事来不了。"

"真可惜,我本来想认识她。不过也许这样更好。我们可以更安静地谈话。"

服务员给我们上了水和面包条。我们各自打开一包,吃了起来。

"你们就是在这里见面?"我的问题脱口而出。她真的非常年轻,与她这样面对面坐着令我感到有些尴尬,所以我的目光在别处游移,去看墙上的图案,还有已经布满面包屑的桌布。

"这里不是最好的选择,我知道,但我们喜欢这里。比萨非常薄,很好吃。"

"我知道您学生物。"

"不过现在我已经不是那么肯定了。我应该选择一个更偏人文的专业,我对那些更有热情,现在已经晚了。"

"晚了吗?我很怀疑。您有时间试试任何您想做的事情。"

我比自己想的更加咄咄逼人,由于有时候言语之间也会产生奇怪的传染,我挑了那个字眼,"试试",前一天深夜洛伦扎对我用的也是这个词。我有点觉得遭到了欺骗:我被卡罗尔骗了,他把我卷入了一个明显的计划,还有艾丽莎,因为我不明白为什么我要坐在这里,和他们一起吃午饭,听她抱怨大学里的事情,与此同时我自己的婚姻正变得支离破碎。

她说:"我知道是您送给卡罗尔一台 iPhone。不然的话,我们也不能像现在这样保持联系。"

是的,几年前我送给他一台 iPhone5S,在屏幕第三次碎掉时,我不耐烦地换了新手机。

"出于这个原因,我觉得您是我最好的倾诉对象。事实上也是唯一的。"

出于紧张,她笑了笑。顷刻间,那种端庄的态度消失了,显露出她本来的年轻。

"卡罗尔和我相爱了,我想他已经告诉您了。"

我不知道还能做出什么反应,所以就没露声色。

"这件事情对我来说发生在一个特殊的时刻。我刚刚结束了一段与同龄人的恋情。一个有点无耻的渣男。也就是说非常无耻。"她吸了一下腮,好像是在里面咬了一下,揉搓着面包条亮晶晶的包装纸。"实际上我住在罗马的另一边。你知道拉科尔多吗?我住在那里。而现在我们坐在这儿。"

"对角线。"

"是的,对角线。我就是这样选择教区的。我想找一个能逃避的地方,结识不认识我的新朋友。我告诉自己,要去一个尽可能远的地方。于是我认识了卡罗尔。不过,这一切他可能都告诉您了。"

"其实没有。"

"啊,好吧。"

艾丽莎表现出一点失望,深思了片刻。"无论如何,非常简单地说,这就是我们的故事。回想起来,我感到有些疑惑。"

"具体在什么方面?"

"似乎有点太随意了。也就是说,我随意选择了这个区域,又随意选择了这个教区。假如我碰巧去了另一个近一些的区域,结果也会一样吗?我会遇到另外一个人吗?或许是另一个神父?我不希望让您觉得我是个肤浅的人,不知道您是否明白。不过,这一切难道不是因为在那个时候我一心想要爱上另一个人,而卡罗尔刚好就出现在那里?"

服务员走了过来,问我们是否准备好点菜。我对他说我们在等人,他告诉我们餐馆很快就满了,等待时间也会变长。

服务员走开后,艾丽莎把憋在肺里的一口气吐了出来。"七月我就毕业了,"她说,"我想到帕多瓦去读硕士。卡罗尔坚信自己想跟我一起去。"

"去帕多瓦?也就是说他想调去那里?"

"我觉得情况有点失控了!"

突然,她的眼泪夺眶而出。孩子般的眼泪,并非真正出于伤感,或许是紧张。"我希望您能让他理智一点。"

这时,身穿牛仔裤和衬衫的卡罗尔走了进来。服务员迎了上去,他指指我们这边。他容光焕发地走了过来,我向艾丽莎点点头,表示明白了她的意思,一定会帮助她,尽一切努力帮助她。她的脸上看不出任何情绪波动。

午餐吃得很累。我们点了三种不同的比萨,把它们三等分,以便大家都可以品尝到所有口味。卡罗尔和艾丽莎不停地开玩笑,希望我也能加入,一厢情愿地认为我也感到有趣,但那是不可能的。他们不停地让我看他们单独在一起时坐的桌子。但这一次他们不是单独在一起,这一次有另一个人看着他们,有另一个人能够见证他们在一起的时光。

喝咖啡的时候,卡罗尔把手放在艾丽莎的手上,整个午餐时间,他应该是一直在积攒这样做的勇气。他握着她的手,拇指有节奏地轻轻抚摸她的手心,整整一刻钟,好像是在对我说:"你看到啦?你看到啦,是真的。我跟你说的都是真的,真的有个她!"

艾丽莎没有回避这种接触,但在我们起身之前的片刻,她又向我投来紧张的一瞥,同刚开始的那个眼神一样,似乎是再次向我求助。洛伦扎还没有回复我的信息。

关于那个周末,我脑海中存留的下一个画面是一间贴着棕色墙纸的旅馆房间,我坐在床边,身旁放着一个斜挎包,可以用来度过短短几天的行李,不过也可能是永久。至于那间旅馆,就是奥莱丽娅大街上鳞次栉比的那种企业会议中心。我曾很多次开车经过,但从没想到自己会在那里度过一个夜晚。

家里又发生了一场争吵,比之前那次短得多,语气也不同,尤其是洛伦扎。然而,尽管争吵刚发生没多久,如今也显得十分遥远。

晚餐时间已过,我不太饿。不过,我还是下楼去了一层。餐厅装饰豪华。除了玻璃门以外,还有一个与灯光变化同步的喷泉。我选择了一个靠近电视屏幕的位置,只是为了使眼睛有个地方可以注视。最终,城里没有发生任何爆炸。

当我把晚餐剩在盘子里的时候,收到一条陌生号码发来的短信。是艾丽莎。"您已经跟卡罗尔谈过了吗?"

我跟她说还没有时间。

"谢天谢地!因为我还不十分肯定。还需要再考虑一下。"

然后,她又写道:"我不想抛弃美好的东西,那样没有意义。"

然后是:"您觉得我应该怎么办?"

我肯定地对她说,想得到这方面的建议,我是最不合适求助的人选,但是没有细说,而她也没有听出其中的暗示。她向卡罗尔要了我的电话,借口是把她写的诗发给我看。既然我们已经在联系了,假如我不觉得打扰,她真的希望听听我的看法,都是她写给自己的诗,没有任何奢望。

"假如是写给自己的,又为什么要给我看呢?"我有些咄咄逼人。然后,我又说自己对于诗歌一窍不通,但假如她高兴,当然也可以发给我。

我们就这样又发了一会儿信息,直到艾丽莎发给我一个 word 文档,于是我真的开始读她的诗,就在餐厅里,但并不知道该对那些诗作何感想,她也没有问我。

我在奥莱丽娅大街的那间旅馆里住了五个晚上。一天,还是在那家餐厅,我碰巧在电视上看到了诺维利,作为梅地亚赛特的嘉宾。那期节目完全是为他定制的,主题是:诺贝尔奖得主遭到攻击。我请服务生调高了音量。

在之前的几个小时里,发生了很多事,而我只能远程参与,就像是身处隔音玻璃之后。周一上午,巴黎的教职委员会召开紧急会议,决定无限期暂停诺维利的所有教学工作。在一份新闻稿中,这所法国大学公开与这位教授的立场划清界限,因为后者的立场不仅完全不能反映学术界的观点,而且伤害了所有女性科学家,特别是他们的同行盖娅·森西,学术界对这些女科学家表示了最大程度的支持。

和所有他那个级别的教授一样,诺维利与很多机构保持联系:欧洲的、美国的、中国的,还有澳大利亚的。法国大学的声明只是个开头。在不到二十四个小时的时间里,他被所有人抛弃了。我在推特上跟踪事件的进展。在他们之中,只有新兴世界气候论坛跟帖补充说,在解除诺维利顾问职务的同时,感谢他多年来从事的珍贵学术活动。

周三,我收到诺维利的一封英语邮件。诺维利要求我们这些同事、朋友和熟人支持他,因为这不是一场个人的战斗,而是为了重新获得说真话的权利。他从自己的角度重述了TEDx事件(重申他仅限于展示数据),以及因此遭到的攻击。他写道,我们的科学正变得害怕自己的发现,害怕自己的言论。这就是我们所希望的进步吗?假如我们像他一样,期待有一个不一样的未来,怀揣着研究工作的独立性,那么就必须在这封为他辩护的信上签名。这封信是他的同事罗伯特·托马斯·弗里德曼自发撰写的,将在第二天晚上之前转发给各国的报刊。辩护信就在附件里。

我记得当时半卧在床上,笔记本电脑放在肚子上。我读了一遍辩护信,然后又读了一遍。我在谷歌上搜索了这个罗伯特·托马斯·弗里德曼,发现他卷入了密苏里大学校园中的一桩丑闻。他似乎已经有不短的时间没有发表任何学术著作。随后,我又开始仔细研究那封邮件。诺维利并非专门把邮件发给我。这封邮件是发给他自己的,然后密抄给不知多少人。我决定拖延到第二天。

第二天早上，我收到第二封邮件，主题是"提醒"。我没有打开邮件，而是等了几个小时。最终，诺维利直接跟我联系了。我正在刷牙，看到手机像昆虫一样在桌子上颤动。"你看到邮件了吗？"片刻之后他给我发了信息。"你签名吗？"到了这个地步，佯装不知已经不可能。"很遗憾，"我写道，"我不同意你所写的内容。在我看来那封信是又走错了一步。"

我回到卫生间，坐在那里等待下一条信息。"我明白。"诺维利写道。我本以为他会补充点什么，但是没有，于是我又写道："我明白，眼下是一个黑暗的时刻，J。"

我特意使用了他名字的首字母，以便无论如何表示出一丝温暖。然而，他需要的不是我的温暖，而是我的签名。"假如你重新考虑的话，七点之前还可以签名。"他写道。这听上去像是最后通牒，而且从所有意义上讲都是最后通牒，不仅仅涉及那封信，而是广泛得多：它给我对他的忠诚、我们的友谊、我们二人的关系都设定了最后期限。

现在，他就在那里，诺维利教授，出现在奥莱丽娅大街上我的新餐厅里高悬的电视屏幕上。他坐在电视直播间中央的小沙发上，稍显衣冠不整。

他看上去既没有低声下气，也不十分沮丧，而更像是感到厌倦，仿佛媒体在他周围制造的各种喧嚣仅仅是对时间的巨大浪费，分散了他对更加严重的问题，比如北极冰川加速融化的关注。

讨论进入白热化阶段应该有一阵子了，但谷歌快讯提示失灵，所以我错过了开头。无论如何，辩论的总体基调是非常清晰的。这是一个愿意接受任何少数派立场的沙龙，无论对错，只要它与主流媒体的意见相左。在那几个小时里，支持诺维利就属于这种立场。

主持人始终称他为教授，而当说到不在场的对手盖娅·森西时，却只是简单地称她为盖娅·森西，但这种不平等没有招致任何人的抗议。在围绕言论自由的概念轮流发表了一圈令人困惑的意见之后，话筒又回到诺维利手中。他以惯用的文字游戏表示，关于言论自由，他不想表达看法。那是记者和知识分子谈论的话题。他是一名科学家，而在科学领域言论自由是一个根本不该存在的问题。在科学领域，存在着假设、数据、实验验证以及学界的验证。结束。

主持人又追问："那篇关于性别平等的文章，您投稿的期刊当真不会考虑发表吗？""显然是的。"他回答。随后，主持人直接转向镜头："大家意识到了吗？大家意识到了吗？以政治正确的名义，我们发展到查禁一位教授的科学著作。不是批评他，而是甚至不考虑他！这难道不是一种新型的独裁吗？我们不要忘记，诺维利教授是获得过诺贝尔奖的！"

关于诺贝尔奖的表述有些夸大，但对于公众来说无疑是有效的。诺维利没有费心去纠正。

人们又快速进行了一轮讨论，而"研究云的男人"只是勉强点点头。他的态度显得越来越漠然。最后，主持人又回过头来以一种不同的、慈父般的腔调问他："教授，您现在感觉如何？"

或许诺维利并没有准备好应对如此突然的转变。他在沙发上换了一个姿势,把跷着的二郎腿放下,接着换了另一条腿跷上去。他清了清嗓子,稍显混乱地嘟囔,如今我们已经不习惯真理这个概念,在我们生活的世界里,事实被驳回,逐渐被省事的解释所取代。他研究气候变化已有二十多年,没有人比他更清楚。

"是,不过您内心的感觉如何?"

于是,诺维利做了一个我熟悉的鬼脸:嘴巴拉平,眼睛盯着下方的一个点。"有点失望,"他说,"但并非针对那些大学,或者报社,那些只是……机构。是抽象的。"

"那么是针对什么呢,教授?"

"人。我对于人感到失望。"

餐厅已经空无一人,但外面的喷泉还在周而复始地重复着水花四溅的变化。直播结束之后,我给诺维利发了一个信息,是一句用来缓解气氛的玩笑。我不记得写了什么,但我记得并不十分好笑。我看到了已读标记,并在随后的二十分钟里傻傻地等待回复。我签了账单,把它挂在房间,然后就向电梯走去。

几天后，我去了都灵。这似乎是一个合乎逻辑的选择：后退，回到原点。我开始怪罪罗马，觉得好像我身上正在发生的事情都跟它脱不了干系。肮脏、无序、入夜后昏暗的街道、大批醉醺醺的游客、突然被封闭的街道，还有检查站：那里的生活伤害了我。或许就是出于这个原因，因为他们比我更早意识到这一点，自从我在罗马定居，父母就开始从都灵给我寄明信片。每年寄两张，仿佛我是住在澳大利亚而不是意大利。

回家之前，我在公园里巡视了一番。那里和我儿时相比没有任何变化，不过植被变得浓密了，特别是某些地方，或许那里从来都没有人去。

我没有带着洛伦扎而是独自一人出现并没有令他们吃惊。我几乎总是一个人回去看父母，就像一个没有关系和存在的幽灵。母亲站在门口打量了我几秒钟。她说我有眼袋，应该注意一下自己的身体。寒暄没有持续很久，我们立刻坐到了桌边。

多年来，晚餐时父亲的简短发言改变了很多次，不过有些话题仍会周期性地出现：石油危机、冷核聚变、通货膨胀以及只要从世界人口数的末尾删掉一个零，就可以立刻解决所有问题的理论。能源问题占据绝对优势，就好像他怀着一觉醒来就会突然置身没有动力的世界的恐惧。

不过，那天晚上他担心的是水资源的问题。这是一个不太常见的话题，但也并非全新（我依稀记得在孩提时代曾经听到他解释水资源即将枯竭）。"你知道吗，现在，在人类饮用水里发现了极高比例的性激素，尤其是雌激素？"

我当然不知道。父亲知道的东西，我几乎都不知道。令人惊讶的是，他还能不断地发现这样的知识。我怀疑他在我来之前会准备好特别的话题，就是为了让我震惊。

"实际上，我们每天都在饮用鲜榨的雌激素。在罗马，你们喝水龙头里面的水吗？"

我跟他说我们家用净化器，但主要是出于生态方面的考量。

"罗马的水非常可怕。"

"对你来说，罗马的一切都是可怕的。"我想缓解一下气氛，但并没有效果。

他继续说："我们所有人——包括我在内——每天服用的内分泌干扰素，对繁殖造成了灾难性的影响。尤其是对男人。很明显，不是吗？人类进化并没有预设我们会吞食雌二醇。数据明确显示了鱼类的去雄性化，而我们没有理由认为人类的发展状况会与此不同。事实上，仅仅是在最近六十年里，男性生殖器的平均长度就缩短了两厘米。"

我母亲说："你的眼皮有点抖，左眼。"

我把食指放在上面，同时父亲又补充了些关于精子数量的信息。

我心里想，那天晚上话题的选择是不是有明确的用意。我从来没有提过洛伦扎和我那些失败的尝试，但我们生育的失败已经成为既定事实。

"清炖肉不错。"我说。

"我没有买头，"我母亲说，"卖肉的不推荐。"

"这样更好，"我嘟囔说，"头总是吓我一跳。"

把话题转移到食物上给父亲的独白按下了停止键。他盯着我，仿佛想找到恰当的时机重新开始。最终，他应该是放弃了，说："那个诺维利怎么样？真是个古怪的家伙。"

"我们在电视上看到他了，"母亲说，"就是你去他家里度假的那个人。"

"我觉得他的思维有点混乱。"父亲说。

"你们一起去了撒丁岛。"母亲说明道。

他们说的都是肯定句，所以我不需要表达意见。无论如何，他们的立场看起来十分明确：有这么一个科学家，夏天他请我去度假，这个科学家应邀作为老派的性别歧视的倡导者参加脱口秀节目。

"你肯定存在'去雄性化'这个词吗？"我问父亲。

"当然存在。"

"听上去很奇怪，去雄性化。我几乎拼不出这个词。"

晚餐之后，我们坐到沙发上，看了一会儿父亲扫描的老照片。最近他在这上面花了很多时间。最终，一份真正的档案诞生了。"有一些照片，我更想打印出来，"父亲说，"想到你的整个一生都装在 U 盘里面，让人有点失望。"

其中一张照片是从家里的阳台上拍摄的，在波河决堤的那天。地下室被淹没了，父亲按照顺序保存在那里的所有《科学》杂志都变成了泥块。我们轮流用独轮车把它们扔掉。父亲非常沉默，可能是对于这种损失感到痛心。

他注意到我尤其关注那张照片，就问："你还记得那次洪水吗？"
"当然记得。"

我本来想反过来问他是否记得失去的那些《科学》杂志，但我没有那样做。关于我父亲，有件事情我始终没弄明白：我选择在大学里学习物理，到底是否令他满意，以及他是否明白，这个选择与他为我打上的灾难主义烙印以及被淹的《科学》杂志有关。在我大学毕业后，他乐此不疲地引用爱因斯坦的一句名言，或许是杜撰的："假如一个研究员在三十岁之前没有为科学做出有意义的贡献，或许他就永远做不到了。"当我放弃了研究，而且没有留下任何有意义的贡献时，他并没有反对。事实上，他什么都没说。只是有一次，他坐在沙发上，抱着双臂，说："那么物理呢？"我回答说："物理就算了。""啊，物理就算了。"

或许他把对科学的背叛解释为一种个人的背叛。确切地说，我抛弃物理是为了去做什么？在那个领域，也就是作为作家，之后我会成为专家吗？他从来没有问过这个问题。但假如他问了，我就会回答："经过这么多年的研究，我追求的正是'无能'，也就是最终变成什么都不懂的专家。

之前我想过留下来过夜，但我事先没跟他们说，包也还在车上。我跟他们拥抱和告别，然后开车在街区里转了半个小时，寻找某种连我自己都不怎么明了的东西：一点激动，一种归属感。然后我把车停在路边，预订一个旅馆房间。我浏览了最后几分钟的特价酒店，最后选了波斯顿酒店。这家酒店一直令我好奇，因为它的正立面是折中主义风格的，而且我知道每个房间都不一样。在前台，我问是否可以给我那间天花板上挂着鳄鱼的房间，我在猫途鹰上见过照片，但里面已经有人住了。

我的房间有厚重的窗帘，暗色的地板走起来吱吱嘎嘎的，让人不得不光着脚，所以我脱掉了鞋子。在那个时刻，世界上没有任何人知道我在哪里。当然，前台服务员除外，但对于她来说，我什么都不是。

我脱了衣服，用 iPad 播放音乐，然后穿着短裤在床铺和窗户之间跳了一会儿舞。少年时期，我经常跳舞，一边跳一边伸着耳朵听门那边的动静，以防有人进来，被出其不意地抓个正着。在没有任何人看着我们的时候做的事情，不足以支撑我们活下去吗？跳舞，感到不用为任何事情负责，以及享受片刻的欢愉。

我注视着酒店内部的庭院。对于都灵市中心来说，这里算是郁郁葱葱了。甚至有一个长方形的小水池，闪亮的红色锦鲤在随意地游动。屋顶上的天空是城市里典型的低空层积云，既无形状，也无边界。勉强能够看到云层后面月亮散漫的光斑。

接下来的几个月，我来来去去。我也不是不回家，甚至经常回去，但只做最短暂和必要的逗留。然后，我又会乘坐另一趟火车、另一班飞机，假如目的地允许也会开车。接着我在另一家旅馆里住一周，或者更久。我出发，回家，再出发，不做停留。

官方解释是为写书做调研。创作无疑（几乎）可以用来解释所有古怪的行为。除了洛伦扎和卡罗尔，没有人了解我这种疯狂的真正原因。另外，洛伦扎和我并不认为必须告诉任何人我们之间正在发生的事情的真相，至少现在还没有必要，即使我们想这样做，也不知道怎么说。

我从来都不去参观城市。我不关心城市，它们都是一样的，或者无论如何都是你预期中的样子。我只关心旅馆的房间，如果房间朝向内部停车场，我就更高兴了。

入住之后，我总是按照同样的顺序做同样的事情：自慰，然后在滚烫的淋浴下冲澡，打开迷你吧，接着点一份客房服务的烤面包，在醉到不能聊天之前给洛伦扎打电话，然后接着喝酒，假如还有力气的话，就再自慰。我不知道晚上要花多少时间与电灯开关斗争，但我知道旅馆的电力系统给我带来的娱乐超乎理智所能想象。快到晚上九点的时候，我达到某种净化的状态，一种短暂的断片，然后就睡着了。

那本关于原子弹的书已经被搁置了一阵子。我随身带着一本关于核威慑力的大部头，就好像它的存在就能保证我的承诺。这几个月里，我写了不超过三十页，在报纸上发表了几篇文章：也是最低限度，以便外界不认为我已经死了。与我的想象相反，情绪上的不稳定对创作并没有起到刺激作用，或者至少对我不奏效。不稳定和焦虑也许是浪漫的条件，但也是不进行创作的最好理由。

假如一直待在旅馆里，即使不是一流酒店，价格仍然昂贵。我考虑过艺术家驻地，甚至打听过，但似乎都是为外国人，尤其是美国人准备的。而且，住进艺术家驻地就意味着要参与一个项目，进行交流、演讲和强制社交，而我只希望得到匿名的空间和安静，昏暗的房间和折叠整齐的毛巾，卸下所有责任。

我决定有条理地应对这种局面。我从邮件里翻出了前几年谢绝的一些来自意大利和国外的邀请：庆祝活动、书展、工作坊、研讨会。我发出了五十多封几乎一样的邮件，提议"叙叙旧"。毛遂自荐肯定是不寻常的，而且有些尴尬。事实上，很多组织者没有回复，但也有回复的。建立联系之后，我提出，出于写作的需要，假如能够比严格意义上必要的时间多待一阵子，对我更合适。

乌德勒支、科森扎、布拉迪斯拉发、汉诺威、戈里齐亚和法兰克福：谷歌地图忠实地勾勒出我在那个时期的旅行轨迹，进而描绘出一幅线条交错的地图。

阿布扎比、利沃夫、耶路撒冷、利马和卡塔赫纳：我偏爱那些遥远的目的地，但那些也是最难到达的地方。在洲际航班上，我在娱乐节目的菜单中寻找《指环王》电影，然后一边吞食花生和气泡酒，一边逐集观看。假如没有电影，我就靠着黑暗的舷窗打盹。一天夜里，坐在旁边的女士礼貌地请我让一下，她想拍极光，但我并没有动。我对她说那没什么特别的，只不过是带电粒子垂直落入地球磁场而已。

我仍然与洛伦扎保持联系，每天好几次，这一点可能会显得有些矛盾，或者就是一种矛盾。实际上，矛盾之处远不止于此：正当我在旅馆里度过大部分时光，我们却开始找新房子。我们彼此交换不动产的链接，甚至参观了几套公寓，就像新手一样，讨论家具如何摆放，为那些糟糕的细节感到吃惊：违法搭建的阳台，无论如何都需要拆除的地板。我们思考着作为伴侣我们是否已经走到了尽头，与此同时又在计划着我们共同的未来。

所以，断言二〇一八到二〇一九年我大部分时间都住在旅馆里，这是真的，但仅仅反映了一部分事实。在我们彼此远离的那几个月里，洛伦扎和我仍然在共同处理很多事情：浴室漏水迫使我们用水桶洗了两个星期澡，欧金尼奥的高中毕业会考，还有那天我陪他学习时，他把手放在我的手臂上，好像要把我留下。我们之间甚至还存在着性生活，稀少而困难，但仍然存在。我回罗马的当天晚上，我们不会那样做，首先需要消除积累起来的不信任，但时候到了就会发生。多年之后，洛伦扎和我不仅代表着一个陷入危机的爱情故事，我们还有无数不可分割的方面：一个既定的习惯系统、一个社会关系网、一个官僚机构。我们必须继续运转，况且维持运转对我们来说成本极低。

付费旅行包含了一些社交任务：图书推介、研讨会和文化活动。结束的时候，我尽全力避免晚宴和酒会，但并非每次都能成功。在那些晚间聚会后，或许会有另一个人和我一起回到房间，但极少发生，而且从来不会逗留到早餐时间。我不会因为那些意外感到内疚，而是相反：过上游牧生活难道不正是为了这个目的吗？难道不正是为了服从洛伦扎的命令："你应该试试"？无论我如何诠释，这句话难道不是首先意味着和某个人一起进入电梯，无论是谁，只要不是她？

其中一次，我的手机不见了，还包括钱包里的现金。当时我在巴塞罗那，大约是深夜四点。我已经开始出现短暂的断片。醒来之后，有几分钟时间，我不能确定自己身在何处。我记得那个房间的墙纸，两种深浅不一的蓝色竖条纹彼此交替。我下了床，从地上捡起裤子。我翻了翻口袋，还在背包里寻找，但没有手机。钱包倒是放在床头柜上，虽然我不记得放在了那里。我打开钱包，毫不意外地发现里面空空如也。事实上，各种卡和证件都还在，只是少了现金。

我进入卫生间，久久注视着镜子里的自己。我的左肩上有一个紫色的痕迹，是咬痕。我轻轻地抚摸着那里，感到有些神秘。我有些头晕，本该喝点水，再洗个澡，但我还是回到房间，收拾好床铺，然后在家里床上属于我的那一侧躺下来，后背紧贴着枕头。

我没能再睡着,甚至没有去尝试入睡。我注视着黎明的光亮穿透轻薄的窗帘,直到八点左右,我才用座机给洛伦扎打了电话。她警惕地问我为什么是那个号码,我解释说手机丢了。她沉默片刻,理解了那个信息中暗含的部分,然后对我说她正准备出门,甚至已经迟到了,我们之后家里见。在挂掉电话之前,或许,我趁机说了声对不起。

那些片段会始终悬在我们之间,如同乌云般捉摸不定,就如同去年秋天发生在加莱的那件事,发生在一夜之间、但之后再没有被提起的那个暗示。不过,至少二〇二二年三月十六日在加莱发生的那件事,今天我敢于在这里说出来,因为在此期间这个世界上发生了许多难以想象的事,而我们所有人都越来越像是幸存者,从幸存者的角度来看,或许一切都可以讲出来。

在奥利机场,当飞机起飞后,我到 Thrifty 租车行租了一辆车。是经济实惠的车型,但上面有 USB 插口,所以我连上手机,在高速公路上听了《骨架树》。在儿子亚瑟从英吉利海峡的白色悬崖坠落身亡后,尼克·凯夫发行了这张黑色封面的专辑。专辑里的大部分歌曲是在事故发生之前创作的,但每一句歌词、每一个和旋都传递着丧子之痛。在那段时间,我总在单曲循环《骨架树》,总是想起亚瑟。

这是一种治疗。假如为人父就意味着有可能经历如此痛苦的分离,那么成为父亲真的不适合我。我并不是被剥夺了机会,而是幸免于难。在一遍又一遍的聆听中,尼克·凯夫因为无法接受儿子的早夭而发出的哀叹，终于打消了我对拥有一个自己的孩子的渴望。

我给库尔齐雅发了信息："告诉我你在哪里，我去加莱找你。"她的回复中没有流露出任何情绪，只有一个旅馆链接。我在高速公路边预订了房间，不过我肯定这个房间只会用来放行李，或许还要洗个澡，但我觉得这样似乎更加优雅。

那是个宜必思标准间。房间有一扇大窗户，阳光直射进来。我坐在唯一的单人沙发上，一动不动地待了一会儿，脑袋里奇怪地空空如也。我给洛伦扎发信息说错过了航班，因为去机场的路上发生了车祸，大巴迟到了。我会找个旅馆过夜，而不是返回诺维利家，我甚至没有告诉他。既然已经耽搁了，我想趁此机会去参观居里博物馆，会对我的书有帮助。

总之，我所处的现实也没有很大不同：我确实错过了航班，我住在旅馆里，我没有告诉诺维利，时间也够回巴黎参观博物馆。除此之外，什么事情都还没有发生。我以前怎么也想不到，对于即将发生的背叛，我会如此平静和坚定。兴奋只是一种滞后的感觉，就像有一阵微弱的电流通过铜线。

我打开迷你吧，拿出一包墨西哥薯片，然后给洛伦扎发了另一条信息："可怕的房间。幸好只住一夜。"我本能地想给她打电话，但是忍住了。我脱了鞋，继续等待。

库尔齐雅回来的时候，天几乎已经黑了。她发信息让我到大堂找她。我已经准备就绪，洗了澡，也换了衣服，但我还是又等了一刻钟，以免显得过于急迫。我在沙发区找到了她，大厅尽头的四人沙发，上面散乱地堆着摄影器材，其中一张沙发上还放着厚外套。和她一起的是个年轻男子。库尔齐雅没有起身，而是说："嘿，你来啦！"我俯下身亲吻了她的面颊。随后，我向她的同事自我介绍，他叫萨沙。他们穿着沾满泥土的登山皮靴和迪卡侬羊毛衫，脸颊冻得通红。我说能看出来他们是从难民营回来的，然后礼貌地问了几个关于他们见闻的问题。萨沙在单反上给我看了他们拍摄的照片，问我来此的目的。"为了一本书的调研。""关于二战吗？""我不知道。"他露出迷惑的表情，朝库尔齐雅看了一眼。"我是说，从某种意义上说有关系。"

已经接近八点，我希望他能快点离开，但库尔齐雅说："我饿了，咱们去吃晚饭吗？"从她看向我们的眼神中，很明显邀请是针对两个人的。我上了他们租的车，萨沙开车，我坐在后排座位上。库尔齐雅调高了音乐的音量，随着一首阿拉伯歌曲摇晃身体。我问她真的喜欢那种音乐吗，她说非常喜欢。"你能听懂歌词吗？""不懂，只知道 habibi 这个词。""什么意思？"萨沙在反光镜里再次用那种迷惑的眼神看着我。"得啦，habibi 的意思是亲爱的，我的爱人，所有人都懂。"

库尔齐雅的手在空中胡乱挥舞。我说："你还没有受够那些恐怖事件吗？还有心情听阿拉伯歌曲？"我也不知道为什么竟做出如此的评论。她突然停了下来，反驳说："这他妈有啥关系？"

我们走进一家前一天晚上他们去过的酒吧。假如跟洛伦扎一起，我们不会选择这样的地方，它甚至连候选名单都上不了。我仍然在用她的目光审视一切。如此漫长的陪伴关系可能真的是一种病。另一种类型的青春期白内障,然而我任由它发展了很多年。

库尔齐雅和萨沙坚持要我尝尝威尔士菜,据说是当地特色菜,哦,不,我不应该先看配料,我应该直接点。"那么好吧。"

一锅融化的奶酪,里面浸着油腻的培根片,一层厚厚的油脂上漂着一个煎蛋,这就是威尔士菜。好吧,好吧,他们居然赌咒发誓我会把这些都吃下去!

库尔齐雅和萨沙又开始讨论他们的文章以及交稿的细节,而我已经开始因为那道菜觉得恶心。

我们回到旅馆。在停车场,萨沙卷了两根烟,分给我和库尔齐雅,然后说他要上楼对照片做一些后期制作。库尔齐雅和我仍然站在那块空地上,好像在思考要做些什么,直到她说:"我也上去了,我累死了。"的确,她整整一天都在外面奔波,承受着寒冷和人类的苦难,采访流离失所的孩子。"当然。"我说。"我的脚都没有知觉了。""当然。"我又说,但听起来更像是指责,于是出现了一段漫长的沉默,然后库尔齐雅说:"听着,我不知道你有什么想法,但事情不应该这样发展。"

她靠过来,在停车场中央拥抱了我。她把脑袋靠在我的胸前,让自己得到片刻休息,随后在我面颊上吻了一下就走进了大堂。

早上,我很早就下去吃早餐,以免碰到她。但她已经坐在那里了,我们彼此点头问候,然后我坐到了另一张桌子前。我退了房,重新上了车。

儿子出事之后,尼克·凯夫有几个月没开演唱会。在经历这样的伤痛之后，怎么可能再去唱歌和表演呢？尽管如此，最近他又开始演出了。第一次跟观众打招呼的时候，他说："我们一直待在一个陌生的地方。现在我离开那里，在阳光下眨了眨眼睛。然后我看到……塔斯马尼亚人。"

他的第一场演出选在了塔斯马尼亚首府霍巴特的一个音乐厅。塔斯马尼亚，也就是诺维利认为所有人可能得到救赎的那座岛屿。

在返程的时候，远离法国北部海岸和亚瑟坠落的悬崖，当我正逃离第一次失败的婚内出轨时，却暗自计划着带欧金尼奥去听尼克·凯夫的演唱会。等他从美国回来，一有机会就去。假如他愿意，还可以带上他那个沉默和喜欢嘻哈音乐的朋友。我甚至给他发了一条信息，而他回了一个婴儿欢乐舞蹈的动图。我从来都看不懂他发的动图，但那个我懂了。

手机在巴塞罗那被盗之后，我宁愿离家一段时间。二〇一九年春天，我在库尔齐雅那里住了一阵。并不是把衣服放进她的衣柜，或者某种类似的情形。我只是住在她家，把敞开的行李箱放在她的客厅里。在加莱发生的事，或者更确切地说是没有发生的事，消除了前几个月潜在而又一直没有实现的幻想，可能更多是我的而非她的幻想。在我们的私人轶事中，它被称为"那个巨大的法国误会"，或者 GFF。在那之后，我们就开始了一种建立在坚实讽刺基础之上的自由的友谊。

蒙特萨克罗是一个我不熟悉的街区，所以很容易假装身处另一座城市，而不是与跟我紧密相连的生活仅仅相隔几站地铁。早上，我沿着河边漫步，这有助于思考，更重要的是我可以借此离开几个小时。库尔齐雅和我一样在家里工作，但我们并不具备共处一室那么久所需要的最低限度的亲密。

有一天，我碰巧去了那个街区的市场，并大买特买。看到我把购物袋放在厨房台面上时，有片刻工夫，她将目光从电脑上移开，说："哦，天哪，你该不会是想为我们做顿晚餐吧？"

家里始终乱糟糟的。会有人出其不意地出现在门口，然后一直晃悠到深夜。可以在室内抽烟，而且除非必要没人出去倒垃圾。我猜想，注意到库尔齐雅生活的这些细节使我成了她指责的那种资产阶级。可是，我从来不曾以她那种方式生活，甚至在大学时代与朱利奥合租的时候也没有。我们都过分精确，总是在学习，各自关在自己的房间里，在月初就排好打扫卫生的时间表，脑袋里完全不会有"谁在乎这些"的念头闪现。

在购物方面走错一步之后，我完全放弃了做饭的想法。我们无节制地使用外卖和送货服务，尽管我从前非常反对这种做法，因为送货员在给我送寿司时被一辆汽车撞飞的画面总是在我眼前闪现。不过，用库尔齐雅的话说，从我这个特权阶级的角度采取的某些立场是纯粹的虚伪，再说在家里吃晚饭要方便得多。

尽管总是挑衅，但她还是很高兴有我在她身边。她正在经历一个不太美妙的时期。记者的运气时好时坏。对她来说，欧洲恐怖袭击的结束也意味着工作的暂时中断。在很长一段时间里，她供稿的报社将她定义为撰写恐怖袭击的记者，因而现在不知道该如何重新安排她。剩余的新闻块面由她的同事们把持：一个负责移民，一个负责欧洲选举，还有一个负责议会冲突。每个人都在积极捍卫自己的领地。库尔齐雅对他们大加批评，尽管换成自己，她也会采取同样的行动。上午，我看到她在网上仔细搜寻线索，然后打电话，哪怕是为了得到主编的片刻考虑。假如那天运气好，下午她就开始写，但最后他们会删去十行，然后再删十行，再删十行。晚上几乎总是以神经质的发脾气告终："他们给我改得就剩一段简介！"

她有很多抱怨，几乎成为执念："你知不知道报纸竟然只付给撰稿人四十欧元。四十欧元！我打扫卫生都能赚更多！"

"可惜你又不擅长做那个。"

嘲讽是我们之间唯一允许的电码。因为如果我敢更加严肃地分析形势，库尔齐雅就会指责我不知所谓，因为总有人为我擦屁股。

就我而言，我跟她讲了很多洛伦扎的事。她与洛伦扎素未谋面，却对她情有独钟：这种偏爱来自我对洛伦扎的描述。只因为有一次我使用了"给自己更多时间"这样的表达，她就开始折磨我。几乎每天晚上，库尔齐雅都问我，我给自己更多时间，到底做了什么特别的事，而我几乎总是不得不承认什么都没做。

我们也会谈论诺维利，而且经常在短短几分钟里表达完全相反的意见。比如，库尔齐雅既为我没有公开反对他，也为我拒绝在明面上和道义上支持他而感到愤怒。

"换作你会怎么做？"我问她。

"我吗？"她回答，"我首先会筛选自己交往的人。"

在过去的几个月里，气候变化成为一种时尚。在罗马第一次青年动员活动时，库尔齐雅的报社派了另一个人去采访。不过，在被极度神经质折磨了几个小时之后，她说她还是要去。我建议陪她一起去："我可以拍照片。我会是你的萨沙。"

"但要是你拍的照片很糟糕呢？萨沙可是个天才。"

我们的轻型摩托在诺门塔纳大街上以令人担忧的速度飞驰，我紧紧抱着她，片刻之后就置身于熙熙攘攘的青少年中间。我觉得自己有点不合时宜，就像个游客。高中的时候，我很少参加游行。那还不是全球化的年代，我把自己的超脱当作智力上的优越。我心里想，假如今天我只有十七岁，会怎么做，会不会和另外三个人一起老老实实去上学，老师大概会想方设法为我们找点事情做，同时在心里瞧不起我们。

我已经看不到库尔齐雅，有好一会儿我只是跟着队伍的节奏向前走。一个纸糊的地球仪被从队伍的一侧抛向另一侧。追随着它的轨迹，我注意到了人行道上的欧金尼奥。他当然应该在那里，为什么不呢？地球仪出其不意地落在他背上，轻轻地砸了一下。欧金尼奥回过头。他总是很警惕，从孩提时代起就神经紧张。我始终不明白这是为什么，或者如何教会他避免这样做。

他轻轻地碰了一下地球仪，让它重新飞了起来。他和一群女孩在一起，其中包括萨拉。从手势上我明白了，她们坚持要他接受在胳膊上写点什么。最终他让步了。他稍显戏剧性地卷起上衣的袖子，耐心地等待萨拉用马克笔写着什么，或者是画了一个图案。

官方说法——也就是说我为新书做调研，所以经常外出——对他也适用。事实上，我怀疑他和洛伦扎是互通消息的，他们之间无话不谈，比我知道的要多，而且最近几个月他们两个经常共进晚餐。即便如此，欧金尼奥并没有表现出来。离家在外的时候，想到他会令我有一种比平常稍微尖锐的罪恶感，所以我尽量少去想他。我从来都不允许自己想他。

即便在此刻，我也尽量和他保持距离。站在那里等待装扮结束的时候，他的目光游移了一会儿，甚至是朝着我的方向。我担心被他看见，但他的目光只是掠过。当他和女伴们继续往前走，我在后面跟了一会儿，然后就拐进旁边的一条小街。

我在威尼斯广场找到了库尔齐雅。"我的资料应该足够了，"她说，"咱们回家吧。"

回家之后，她把自己关在房间里，以便集中精力，于是我自己待在客厅里。我坐在沙发上给欧金尼奥发信息："你去参加游行啦？"

"很明显。你呢，在哪里？"

"我从那里经过，顺便看了一眼。"

"太可惜了，咱们没碰上。是为了写文章吗？"

鉴于我没有回复，他又回道："今天晚上你回家吗？"

"我还得走。"

他给我发了一个伤心的表情。

我给《晚邮报》的B.S.打了电话。我向她解释说，我碰巧赶上了罗马关于气候问题的游行。他们的版面肯定已经满是关于格蕾塔·通贝里的文章，但考虑到几年之前我写过关于第二十一届联合国气候变化大会的文章，或许两件事情之间存在某种有意义的联系。她给了我七十行的版面。

当库尔齐雅回到客厅时，我还在整理文章。她一屁股坐在沙发上,就这样待了几秒钟。

"他们接受了那篇文章,"她说,"咱们出去吗?我想吃比萨。"

"给我半个小时。"

她斜眼瞟了一下我的电脑屏幕:"你在写什么?"

"给报纸写一篇文章。"

"关于什么?"

"游行。"

"他们跟你要的吗?"

"反正我也去了。"

她从靠背上直起身子,稍稍停顿之后,她说:"你真是不可理喻。"

之前我只是摘下了一边的耳机,现在把两边都摘了下来。

"你想陪我去,现在又偷了文章。"

"只是一篇评论而已。"

"当然,你的评论之一。他们给你登在头版吗?"

"咱们不是在同一份报纸上发表,对你来说有什么区别呢?"

"他们是不是给你登在头版?"

"我不知道!"

她霍地站了起来,开始收拾自己的东西。"我去吃饭,因为我饿了。等你写完了打给我,或者随你的便。"片刻之后,她离开了家。

我把文章发了出去,内容不多,总之在我看来如此。把形容词去掉之后,仍然显得啰嗦和老套。或许在游行队伍里看到欧金尼奥对我产生了影响。

我洗了个澡，然后发了一条推特。十点的时候，库尔齐雅没有发来任何信息。尽管这种行为显得过于情绪化，我还是从写字台上拿了一张便条，给她留言。我不认为应该道歉，事实如此，所以我没有道歉，只是说很遗憾我们没能彼此理解，这也是事实。我们都在经历一个艰难的时期，实在无法互相帮助。无论如何，我很高兴这些天能够和她一起折磨智能语音助手 Alexa。

我拦住一辆出租车。上车之后目的地仍然悬而未决，我给洛伦扎发了信息：假如我没有事先通知，现在就回家，她会不会生气？她回答不会。实际上，她觉得很奇怪，为什么回自己家还要请求允许。

过了一阵子，朱利奥来到罗马。他来取去南非的工作签证。我们在大使馆外见了面。大学已经批准了他的专事研究年。根据规定，他可以在其他地方从事有益于学术培训的活动，因此，至少在官方层面，他将在开普敦经济大学举办一系列研讨会。

"而事实上呢？"

"事实上，我注册了护林员的课程。在克鲁格国家公园。"

"克鲁格国家公园，"我重复道，"我猜那里会有狮子吧。"

"有很多。还有鬣狗、河马和水牛。"

"蛇呢？"

"要多少有多少。"

大学期间朱利奥和我一起爬过山，了解我对于蛇无法控制的恐惧。

他猜测我对这个话题感兴趣，于是开始大谈眼镜蛇。一些动物学家认为，眼镜蛇演化出喷射毒液的能力是因为人类。我们的祖先用长矛猎杀它们，而它们找到一种远距离自卫的方法。獠牙内部通道完全呈直角，这样毒液经过的时候就会加速。

"事实上，是大自然选择由它们来杀死我们，"朱利奥总结道,"他们进行了测试,研究员用自己做靶子。在三米开外,十个人全部面部中招。你想看视频吗?"

"还是不要了。"

"无论如何,在大部分情况下,眼镜蛇的毒液只能致盲。黑曼巴蛇才是真的危险。它们行动迅速,攻击性强。我们将在一门课程中学习操控它们。"

"操控它们,"我自言自语地说,"我明白。"

他很兴奋,我见他不时地将手伸到大衣口袋里触摸护照,好像要确认它还在那里。他把头发留长了。我心里想,这是不是在为将来的荒野生活做准备。他会在那里逗留几个月。"那阿德里亚诺呢?"我不经意地流露出些许责备。

朱利奥将手机放回口袋。"我不认为分开一阵子会对我们不利。"过了一会儿,他又说:"我不知道关于那档事跟你说到哪里了。"

"就到你和柯芭达成书面协议。"

"是,协议在,"他确认,"不过仅仅在纸面上。"

文件明确规定了花销和时间的分配,但有一个周五,因为地铁堵塞,朱利奥迟到了半个小时,仅仅半个小时,柯芭就拒绝将阿德里亚诺交给他。于是他整个周末都没有见到孩子。仅仅是有些着凉的迹象,就足以作为不让他接孩子的借口。每次学校有家长会,柯芭都不通知朱利奥,为的是之后用来指控他失职。朱利奥说:"类似的情形总会发生。我有点精疲力尽。"

圣诞节的时候,他安排了一次去挪威的旅行。就在出发前两个小时,阿德里亚诺的护照神秘地失踪了。"非常神秘。"他重复道。他给我看了一系列和柯芭的信息截图,火药味十足。

"你们发的所有信息你都保存了?"

"只有那些不愉快的。一开始是依照律师的指示。后来就停不下来了。"

"因为护照事件,我有点失去理智。"他停顿了一下后坦白道,但没有具体说是如何失去理智。

有好几个周末,他和阿德里亚诺都是在一名社工的陪同下见面的,后者默默地待在一旁,监督着他们。见面的房间有一些看上去就会致癌的塑料玩具,阿德里亚诺甚至连碰都不愿碰,所以父子二人保持沉默,彼此赌气。我了解他的极端腼腆,可以想象他在陌生人的观察下和阿德里亚诺度过的几个小时,简直像是某种现代形式的折磨。从某一天起,阿德里亚诺拒绝再去那个见面地点,所以也拒绝与他见面。

"我不得不把生日礼物放在电梯里,"朱利奥说,"到了这种程度,柯芭应该是意识到了事态的恶化。这么多年来,她第一次要求跟我单独见面。很奇怪,我们本应该讨论阿德里亚诺,却开始谈论我们两个人,以及在太多年之前发生的事情,当时阿德里亚诺还没有出生。人总会专注于那些不可思议的想法。一切似乎都很好,我们几乎……很文明。但柯芭应该是有负罪感。所有那些关于我们的谈话令她措手不及,于是提起她现在的伴侣吕克,一切突然开始围着吕克转。吕克说,吕克想……按照她的说法,吕克对任何事情都有明确的想法,从宇宙大爆炸一直到现在。我取笑了她几句:'因为那一切都与他无关,我向你保证。'于是她大为光火。'你竟敢不尊重他！'类似的话。'好吧，好吧，瞧你说的。'"然而，从她开始哭泣的样子来看，朱利奥认为吕克并没有让她多么幸福。

"那你呢？你在和什么人交往吗？"我突然问。

"没有。"

沉默了一会儿后，朱利奥说："你呢？"

"没有，不完全是。"

我对这个问题的惊讶应该非常明显，因为朱利奥又说："或许你不知道，洛伦扎和柯芭会不时地发信息。她们保持这种联系已经有一段时间了。或者是最近才恢复联系的，我不知道。"

我们在河流广场的一家酒吧共进午餐。然后朱利奥问我有没有时间陪他去市中心买一个背包。他自己的那个太大了。我们步行穿过九月二十日大街。一路上，几乎总是他在说话，尽管他也明确地说："如果你觉得无聊，就告诉我。"

大约一个月前，他接到一个陌生人的电话。"您是朱利奥吗？""是的，是我，您是？""我想告诉您，凯勒街上散落了一些您的文件，似乎是非常私人的文件。事实上，我是在上面找到了这个电话号码。假如您愿意，我给您发照片。"

陌生人不是法国人，发音很不准确，以至于朱利奥凭直觉认为是某种骗术：他的文件散落在大街上？怎么可能？但那个家伙提到的街道刚好是他律师的事务所所在的街道，所以当中又有某种奇怪的可信度。

片刻之后，朱利奥收到了离婚判决书其中一页的照片。他丢下正和他谈话的学生,狂奔到凯勒街。到达之后,他真的在地上发现了文件。那是巴黎的一个大风天,一阵风将那些纸张吹飞了几十米,散落在人行道和车道上。

他说:"实际上我的整个一生都在那里。就这样散落各处。包括文件的复印件、私人邮件、阿德里亚诺的照片、银行账号。就是你能够想到的所有敏感信息。案件结束之后,事务所的那些人认为应该把卷宗处理掉,就把它们丢进了大街上的垃圾桶里。甚至不是大垃圾箱,而是垃圾桶。事情就是如此荒唐,起初我简直不敢相信。我不知道要怎么说服自己,宁愿相信它们是自己从窗户飞出去的。我把所有文件捡了起来,与此同时终于意识到发生了什么。于是,在那之后,我去律师事务所大闹了一场。首先是针对秘书,然后是律师,她甚至不想接待我。就我发怒的样子来看,她大概认为离婚不全是柯芭的错。无论如何,她对此事无动于衷。她对我说,处理掉文件是他们一贯的做法,不然让他们怎么办?"

"至少把文件分类一下。"我说,为了缓和气氛。

"对啊,至少分类一下。"

我们站在一家运动器材店门口,但还没有决定进去。

"我在律师事务所外面徘徊了一会儿。"朱利奥说,好像有点茫然。

"你当时可以给我打电话的。"

"最近一段时间你好像不太好找。"

他这样说好像并非出于不满，只是简单地陈述事实，每个人都有不太好找的时候。

最后，他决定不能就这么算了，于是到最近的警察局报案。门口的警员好像不明白问题出在哪里，或者是假装不明白，但朱利奥非常坚决。他等了差不多四个小时才拿到笔录。置身警局的小房间里，被形形色色的人包围，那是他人生最低落的时刻之一，或者没有之一。"当我整个人，"他说，"按照字面意思，被践踏的时候。"在那个时刻，他感到……他不知道如何表达那种感受。不过，那种感觉还不错。

"自由？"

"我不知道自由是不是最合适的词。不过，我想到了克鲁格国家公园，很多年以前我去过那里。我重新看到一处特别的风景，是道路尽头突然出现的空地，然后我心里想：我要到那里去。非常简单。为什么我不能在那里，而是待在这间警察局，试图说服一名警察，将一个人的一生丢在大街上，无论如何都构成某种犯罪？第二天，我就注册了那个护林员的课程，把专事研究年的申请交了上去。"

"所以你现在需要一个新的背包。"我说。

我们进了商店。初步咨询之后，我们开始对比三个款式。我们研究了各个口袋的大小、接缝、拉锁的保护性以及区域的分配。朱利奥对于颜色并不在意，但过于鲜艳的颜色会使动物感到紧张。最终，他选择了灰色的始祖鸟，结实又严肃。他直接把包背在肩上，我们就这样走出了商店。

我们一直走到科尔索大街。朱利奥背着背包，好像就要从罗马市中心徒步到南非。

"你为什么不和我一起去呢？我们会很开心的。"

"蛇太多。"

"对啊，有蛇。我忘了。"

"好吧，"我说，"现在你成了一名护林员，除非一条眼镜蛇往你身上喷毒液。然后呢，你就搬去非洲，去做狩猎者的向导吗？"

朱利奥把脸朝着太阳晒了片刻。"先当护林员，然后再说。按照目前世界上这些事儿的发展趋势，我觉得每个人都应该有个备选计划。我有南非。你呢？你有备选计划吗？"

首先，我可以搬进他在巴黎的公寓。他不在巴黎的时候我就住在那里，这减轻了房子空关几个月带给他的精神压力。"你可以承担些费用，"他对我说，"至于房租就不必了。"那么好吧，我将做出牺牲，使他不变成世界上最糟糕的资本家。

他教我如何照料那些植物，以及在锅炉故障的时候该如何处理。他多次邀请我跟他一起去南非，这甚至成为一种游戏：每次都要编造出一个更加荒唐的借口拒绝他。和他一起去，真的会使他开心，但我并不具备他那种内心的自主，也没有他那种对危险的蔑视。我始终欣赏朱利奥的那些品质，尤其是无所畏惧，无论是对于凶猛的野兽、广义相对论那些不可能完成的计算，还是领导抗议游行，但这种生活方式在我看来非常消耗精力。

出发的那天，我送他去戴高乐机场。我注视着他通过安检，然后乘地铁返回市区。天空万里无云，我发现自己没有任何感觉：在那个瞬间没有任何感觉，对于在我面前展开的几个星期的空洞，同样没有任何感觉。

相比不断地变换城市，留在巴黎不会引起他人的疑心、实际上，所有人都心甘情愿地接受了这一点：熟人和朋友，报社，我的父母,还有欧金尼奥。也许他们认为,独自生活在那样一个大都会,我会非常活跃,但我的习惯颇为不同:我很晚才起床,早上写作或者阅读,下午长时间散步,在健康小程序上超越前一天的步数。有时,我在晚上去蒙帕纳斯的电影院看电影。不过,大部分时间我待在家里。我透过窗户注视着盖特街上的动静,直到深夜。人们在商业剧院进进出出,在小酒馆的屏幕上观看球赛,直到街道突然间变得空无一人。除此之外,我在下午六点之前不会喝酒精饮料,每周只买两次红肉,每天晚上至少考虑半个小时要不要与诺维利联系,然后放弃。

一天下午散步回来,我发现柯芭和阿德里亚诺站在大门口。阿德里亚诺坚持要取回他留在父亲家的一个乐高玩具。柯芭感觉需要解释一下:"他总是吵得我不得安宁。"

我请他们上楼。上楼梯时,我们三个人排成一列,感觉有点奇怪。我打开门,阿德里亚诺跑了进去,而柯芭站在门口,犹豫不决。"进来吧。"我对她说。她摇了摇头:"不,最好不要。"

"来吧,进来。"我坚持说,不过我怀疑朱利奥在的话可能会有些反对。

柯芭疑惑地朝周围看看,仿佛很多次想象过那套公寓,而现在它的一些细节和预计的不同。她把儿子的背包靠墙放着,自己在沙发上坐下来,没有脱外套。我说我要煮个咖啡。阿德里亚诺还在另一个房间里磨蹭,我听到他在放玩具的盒子里翻找。

"我觉得那只是一个借口。"她说。

"这里是他的家，愿意的话随时可以来。"

她的目光停留在一个点上，我沿着她视线望去，看到一个原始风格的小塑像，可能是乌木的，有一头浓密的长发。"那是我们一起在巴布亚买的。"她解释说，并用法语说出了那个地名，重音落在最后一个音节上。"朱利奥说它是仿造的。我没想到他会留着。"

她全神贯注地看了几秒钟。然后，她问我是不是还从事物理研究，至少是在空闲的时候。我坦白说我甚至不能解决一个普通的力学问题。"并非如此，"她说，"假如你肯用心，那些很快就回来了。"

我忍住没有说，或许我对空闲时间的想法与她有些不同。柯芭对物理学的志愿是无与伦比的，其他方面的知识只是也令她好奇，但很明显不在一个层面上。

"我们没有很多机会聊天。"她说。

"没有，确实没有。"

"也许你觉得，我不知道，奇怪。"

我向她保证我并不觉得奇怪。柯芭耸耸肩说："我们跟你和洛伦扎，我们四个人一起的时候很开心。真可惜事情变成了这样。"

她放下喝了一半的咖啡，然后叫了阿德里亚诺。她对他说了一句我听不懂的话。说法语的时候，她就变了，所有的不安全感全都消失了，重新获得了我在夏令营第一天就注意到的那种不容置疑。不过，与那个时候相比，她少了很多生气。我建议她随时带阿德里亚诺来玩，但我感觉她不会那样做。结果的确如此。

鉴于我没有参观过居里博物馆，于是决定趁此机会去一下。那里的开放时间缩短了，只限于下午的早些时候。那座小楼是大学城的一部分，就在第五区一条安静的街道旁边。其实并没有很多东西可供参观。我毫无热情地扫了一眼展柜里带有解说的牌子和工具。策展人的意图明显是要介绍放射性物质发现带来的积极影响：医学方面的应用、能源生产。完全没有提到辐射致癌的可能性，更别说原子弹了。

真正的实验室禁止进入。通道被一根绳子拦着，只能探头看看。我仔细观察了铺着白色瓷砖的工作台、玻璃灯罩、烧杯和蒸馏器、靠墙的水槽、陶瓷线圈、两个带有类似电击设备那种巨大手柄的开关：尽管这些物品都不是原件（原件已被污染，几个世纪之后也不改变），所有的一切还是透出一种神圣之感。一个人体模型穿着黑衣，是玛丽亚·斯克沃多夫斯卡那件简朴的连衣裙，仿佛她的幽灵仍然守护着这个房间。我回想起朱利奥在谈起参观卡拉巴什时说的话，那里的辐射水平特别高，那种危险的感觉赋予它魅力。我用手机缓慢地录制了全景视频，希望能够捕捉到某种骚动，以后可以用得上。

离开之前，我买了居里夫人的明信片，她已经苍老，倚栏俯瞰庭院；还有她一生与两个女儿——伊雷娜和艾芙——的往来书信集。我还不想回家，于是坐在校园里的长凳上。学生们来来往往。一个角落里堆放着又高又细的液态氩气和二氧化碳罐。我想起在大学里第一次用液氮冷却电路的情景，在实验室技术人员的监督下把冒着烟的液氮从杜瓦瓶中倒出来时的责任感。那时，朱利奥和我还幻想着只要了解精确的公式，就能够驾驭自然的力量，驾驭整个宇宙。

接下来的几天里，我阅读了玛丽亚·斯克沃多夫斯卡的书信，以及两个女儿的回信。我不曾对书信集感兴趣，觉得既无聊又过时，但这一点刚好适合我新的日常生活。蹩脚的法语使我进展很慢，这一点也很适合。前言里有玛丽亚在丈夫皮埃尔突然去世后写给一个儿时女友的信："我的人生毁了。"我认为可以这样翻译，不过法语词汇更强烈，是saccagée，掠夺，"我的人生被掠夺了"。

玛丽亚明白，对女儿的爱永远无法取代对丈夫的爱，那是无法补偿的。大概是意识到自己的冷漠，抑或是巨大的痛苦，她决定亲自教授伊雷娜代数和三角函数，仿佛情感能够通过这种方式传递。在其中一封信的结尾处，她画了一个女儿或许看不懂的椭圆形结构。这是通过数学公式加密的母爱的冲动。

"我在阅读居里夫人的书信，"我在给库尔齐雅的信息里写道，"非常有意思。"

"真的吗？"她回答说，"我表示怀疑。"

隔着遥远的距离，通过简洁的信息，我们的交流重新开始。她说能够准确地想象出我在新生活中强迫性的习惯，那画面令她反感。有很多次，她威胁说要登上第一架起飞的飞机空降这里,但我们两个都知道,威胁是假的,只是为了无伤大雅地唤起那个"巨大的法国误会",重新点燃彼此之间残存的那点儿吸引力。

当她那个做特派记者的朋友在家办鸡尾酒会时,她设法使我得到了邀请。"鸡尾酒会?"我回复她说,"你是在开玩笑吗?"

"去吧,别想别的。穿着要得体。"

不知为何,随着酒会的临近,我变得越来越紧张。酒会当天,我甚至有种无法控制的躁动,这演变成一种过度的审美热情。我去梵珀巴黎剪了头发,又买了一条新裤子,因为我的所有裤子都过于运动。洛伦扎用简洁的"是"和"不"远程指导我。

就像预想的那样,酒会上没有一个熟人。碰巧攀谈起来的是一个与我同龄的男人。在礼貌地询问过我的职业之后,他说自己从事投资。我问他确切地说是为哪家银行工作,我觉得这个问题顺理成章,他微笑着回答不为任何银行,他说自己可能没有解释清楚。他拥有一家投资公司。他给我看了正在印度乡下建设的机场照片,有点像是一栋正在装修的房子。

我在餐桌旁逗留了一会儿,然后鼓起勇气,去进行第二圈侦察。在一小群人中,一位颇有些年纪的女士垄断了谈话。她名叫路易莎·T,我曾经在别处听过她的名字。她作为文化记者在巴黎工作了大约三十年,认识那些作家,融入那些圈子,二十世纪经常做的那些事情,它们使得如今的生活显得无力而又肤浅。我觉得她几乎没有注意到我的存在,当我准备走开时,她出乎意料地指着我说:"您,为什么要翻白眼?"

"瞧您说的，我怎么敢翻白眼。我有白内障，有时候需要转动眼球。"

"在您这个年纪就有白内障？"

她靠近我，就好像要检查我的眼球，以便证实我说的话。其他人趁机散开了，如此一来就只剩下我们。"您是哪位？"路易莎问道，然后握住我的手，比必要的时间久一点。接着她又问："确切地说，您在巴黎做什么？"

我回答我不清楚，她点点头，好像已经明白了。

我成功甩掉了她，但后来又在楼梯上与她再次相遇。她做了一个专横的手势，让我帮她穿上大衣。"刚才我在谷歌上搜到您了，"她说，"知道吗，您要原谅我，我不读当代小说。一般来讲，我觉得小说很烦。甚至令人感到不安。不过，我知道我儿子喜欢这些。您要走了吗？"

到了外面，我问她是否需要打出租车，不过她住在索尔菲利诺，步行就能到达。"您能不能不要这么客套？"

"还是来说说，"她颇具说服力地摸摸左手的戒指，过了一会儿又说，"您妻子在哪里？""在罗马。""你们离婚了吗？""没有。""分居啦？""也没有。""老天爷，怎么这么复杂！"

在那段交谈之后，我们进入一种不同的紧张气氛中，至少我是这样，直到路易莎在一扇大门前停下来，输入门禁密码。"来吧，我请您喝茶。别跟我要酒，因为我这儿没有。"

她住在一座历史建筑的底层，那间房子之前是门房住的。我们穿过院子，打开楼梯下面的一扇小门。"就像地下酒吧的入口。"

我说。

"是，别高兴得太早。一开始所有人都兴奋，但惊叹到此为止了。"

事实上，这套公寓只有一个房间、一个没有窗户的卫生间和一个小厨房，说简陋都太客气了。不过，有两扇面朝花园的大窗户。这栋楼剩下的空间属于一个瑞士企业家，他从来都不在，所以灯一直黑着。"我可以假装整栋楼都是我的。"路易莎说。

她泡茶的时候，我坐了下来。"这房子的天花板真高。"我评价道，只是为了说点什么。她抬头看看，然后说拆掉窗帘需要叫消防警察，所以她放弃了。上面都是灰尘，只能这样了。

她向我简单介绍了自己的感情生活，两任前夫、四个孩子和八个孙辈，构成了完美的几何递进。幸好他们都住在别处。到了这个时候，仿佛很难避免，她问我是否有孩子，而我给出了标准的回答，也就是我妻子有一个孩子，来自前一段婚姻。"她比我大。"我详细说明道。

"我明白。这使您觉得有点像英雄吗？"

"不知道。有可能。"我承认。

我一边专心喝茶，一边想着如何让话题回到窗帘上。但她在我之前开了口："我并不怀念两任丈夫，两个都一样。但有时候我会怀念我对他们的了解。因为我了解他们的一切。年复一年地收集那些信息。然后……一无所获。巨大的浪费。告诉我您在做什么？"

我给她讲了那本关于原子弹的书，如何将档案材料与直接证言结合起来，以及由于日本方面的问题获得第一手资源的困难。在我讲述的时候，路易莎不动声色地听着。

我说完之后，她站起来拿走了我手里的茶杯，好像我们这次临时起意的会面到了终点。

"我并不奢望对您进行深度了解，"她说，"就像您知道的，我是不久之前才在谷歌上搜到您的情况。不过，凭借直觉，我觉得您正在经历某种……危机。我们可以这样定义它吗？同时，您还在写一本关于七十年前发生在日本的事件的书，如今已经没有人对这些感兴趣了。我很好奇，您以何种标准来选择创作的题材？"

无论如何，我都通过了社交生活的考验，然后回到孤独的生活节奏。在巴黎的日子周而复始，显得更加短促。我对自己说，我可以无限期地这样生活下去，让一切停滞，避免任何打扰。

然而，其他人仍旧存在。一天，我接到玛丽娜的电话。这样做并非她的风格，她不厌其烦地问我是否方便。我以最大限度的真诚回答她，没有任何不便。

她想要亲自告诉我一个消息："跟你很熟的那个学生，克里斯蒂安……克里斯蒂安，当然。好吧，这一次他成功了。"

朱利奥家有一个立方体形状的脚凳，阿德里亚诺总是骑在上面。那一刻，我就坐在上面。

我问玛丽娜，克里斯蒂安是如何成功的（我继续使用那种迂回的表达方式），她回答说："最传统的方式，在车库，用一根绳子。这一次是深思熟虑和清醒的行为，或者至少他姐姐是这么说的。"

"所以你们之间还有联系。"我说。这是一个中性的评论，但听上去像是指责，所以她反驳道："我知道这很奇怪，但出于某种原因，我对他放心不下。"

玛丽娜是我认识的最擅自控的人之一，但说到此处也不禁低声哭泣。不过仅仅持续了几秒钟，然后她清清嗓子，又说："我们以教师委员会的名义送一个花环吧。大家都是无神论者，很明显不喜欢花环，但我们想不出别的东西。尼克建议在缎带上写上学校关于美德和知识的校训。我感觉这样做太冷酷了，但不重要。假如你想参加，每个人二十五欧元，可以来上课的时候给我。"

大量的空闲时间令我比在罗马更多地想到克里斯蒂安。根据玛丽娜提供的有限的信息（一根绳子，在车库里），我详细地构建出他度过的最后几分钟。假如存在动机的话，那么他自杀的动机可能正是这个：永远留在活着的人的脑海中。

还有一点我特别悔恨。他入院后的第二天，在课堂上，我没有谈及他的事情，很可能我甚至没有提到他的名字，就好像发生的所有事情都可以被无视。不过，最为奇怪的是，他的同学们好像也没有期待我那样做，他们当然认为他身上发生的事比我在课上讲的东西重要得多，也许他们只是不认为从老师那里能够学到如何应对痛苦。只不过，在某个时刻，最后一排的女生突然站起来，打断了我的话，请我允许她去卫生间。我告诉她不需要我的允许，然后她又说："所以我可以去是吗？"话中的挑衅暗含着完全不同的东西。

既然那天我没有那样做，如今就更没有理由为克里斯蒂安费神。再说我跟他没有多少相熟：上过几节课，有天晚上在的里雅斯特一起转了转，几个月后在skype上连了一次线，他给我讲关于论文微乎其微的进展。玛丽娜和教师委员会达成共识，决定无论如何让他毕业,尽管还不到半年他就中断了学业。克里斯蒂安写了一篇在莫德纳天文馆工作的报告,那份工作是作为中学生的向导,用超级简单的语言向他们详细讲述自己多年来学习的内容:宇宙的诞生、恒星核的合成、星系团以及黑洞。论文需要一位指导老师,在最后一刻,玛丽娜问我是否愿意("说实话,你应该换一个人。""其实是他要求的。")。

我当时给他打了最高分。在感谢邮件中,克里斯蒂安邀请我去找他,他会为我安排在天文馆做私人参观。我甚至没有考虑这种可能性。几个月后,我又打开那封邮件,发现自己根本没有回复他。

不知何时,我左眼的视力变得越来越差。去洗澡之前还一切如常,出来的时候一切就模糊了。时至今日,我仍然怀疑这两件事之间是否有因果关系,但事情就是这样:玛丽娜给我打电话,告诉我克里斯蒂安自杀的事情,几天之后,我眼前的世界就模糊了,仿佛被人打了一拳。

我的眼科医生梳理了二十年前疾病的神秘发作和之后潜在的发展过程,找到巴黎一个专家的地址,以便我可以紧急就诊。女医生确认我的屈光度下降到了二,并且询问我小时候是否得过风疹,最近一个时期是否进行过剧烈运动或者有压力。

我的视力随时有可能再度恶化,因为这就是这种病症的典型表现。在那种情况下,本身很常见的决定性干预措施将会变得困难。我跟洛伦扎说了,她让我立刻回去。尽管她说话的口气有些冷淡，像是医嘱，我却被一种意料之外的柔情打动了。我买了第二天易捷航空的机票。然后几乎不假思索地在 WhatsApp 上给诺维利留言：路过巴黎，明天就走。假如你在城里而且愿意的话，我们可以见面喝一杯。

他约我晚饭后在精选酒店见面，但约好的时间过了四十分钟，他还没有露面。服务生已经表现出不耐烦，将杯垫丢在桌子上，如同一个毋庸置疑的要求，但我还在坚持，他每次经过的时候，我都重复说在等人。

空气非常清新。我注视着街对面招牌的灯光和那条林荫大道的奢华，那是没被这些年来的恐怖主义波及的奢华。我轮流眨着两只眼：右眼看到的是清晰的世界，左眼看到的是平淡而模糊的世界，仿佛正在消失。

一辆出租车靠近人行道，停了几秒钟。诺维利打开街道一侧的车门，脑袋从车顶探出来，他绕着锃亮的轿车转了一圈，最终挑了挑眉毛，确认我已经到了。

他身上的黑色西装敞开着，里面是一件衬衫。或许是尺码的原因，胸部显得异常膨胀。裤子也是黑色的，两侧有笔直的皱褶，脚上穿着一双白色运动鞋，干净得引人注目。他的手里拿着一件浅棕色的无衬风衣，漫不经心地搭在椅背上。

"我想等你来了再点。"我说。

我傻乎乎地站起身来，就好像我们要拥抱，但我们并没有那么做。我们只是勉强握了握手。服务生立刻出现了，朝着诺维利微笑，他们好像认识。诺维利点了桑塞尔葡萄酒。"这个你也可以吗？那么两杯。"

他面朝街道坐下来。"总之……"他嘟囔着什么，我没有听清。

"你的风格有点改变了。"我说。

"意思是？"

我用手指了指他的衣服，然后是酒馆闪闪发亮的内部装饰："以前咱们会满足于更加平民的标准。"

"你是说精选酒店？这是经典之作。"

服务生拿来酒杯，还有两个金属碗，一个放的是腌制过的橄榄，另一个是花生。诺维利无视那个放橄榄的，把另一个拉到自己面前，开始疯狂地抓起一把又一把。手机在他的西装内袋里振动，他告诉某个人自己的位置，用意大利语。对方应该是开了个玩笑，因为诺维利笑了起来。"绝对的，"他说，"绝对的。"

通话结束，当快意在脸上逐渐消失后，他说："安布罗西尼来找咱们。你认识他吗？"

"不，我好像不认识。"

"是我的一个博士后，非常能干。他在加利福尼亚理工学院，我不得不把他抢了过来。不过是值得的。"

"所以你还在大学教书。"

诺维利显得有点困惑："我当然在大学教书。为什么这么问？"

他把手上的盐拍掉，又拿起手机："看看这些照片多棒。他是自学成才的，你看得出来吗？"

他给我看了一幅夜景：一排方形建筑，上方是镶嵌着明亮线条的蓝色天空。

"厄瓜多尔。这张照片是在深夜拍的，他需要长时间曝光，但他没有带三脚架，用意大利语怎么说？无论如何，他一动不动，几乎是屏住呼吸。几乎没有模糊，你看到了吗？看到这张照片，人们会认为这是滤镜，是拼接。然而不是。"

他放大图片："上面这些是夜光云，后来我们用它作为书名，因为极富诗意。翻译成英语应该是 noctilucent，在我看来甚至更好，但编辑不想用这个词，说人们不会读，总之会读错。"

"Nottilucenti."我重复道，实际上它的发音极富韵律。

诺维利放下手机。"这些都是在非同寻常的高度形成的云，"他说，"也就是海拔八万米。实际上，当我们非常靠近赤道的时候，太阳高度很低，所以光线是从地平线以下射过来的。从那个角度，它们到达平流层下方，光线中只剩下蓝色，造成的效果就是云仿佛在自己发光。非同凡响。事实上，"此时他竖起食指，仿佛在提醒我他要给出结论了，"近几年，这种现象被频繁地观测到，这个事实令人不安。甚至非常糟糕。因为在那个高度几乎没有水蒸气。你明白的，对吗？高处的云只能靠其他污染凝结，尤其是甲烷。总之，无论夜光云再怎么绚烂，它们的增加都是全球变暖的直接表现。"

他靠在椅背上，仿佛被自己的解释震慑到了。他又把手指伸进盛着花生的碗里，发现那个碗已经空了，于是放在一边，开始吃橄榄。

"安布罗西尼和我，我们是从直觉出发的。实际上，主要是我。他还太年轻，做不到抽象化。"

"所以说你们在写一本书。"我说。

"是出版商联系了我们。"

他长长出了一口气，似乎突然放松下来。

书的问题有点把我逼到了墙角。我试图改变话题，问起卡罗琳娜的情况。

"卡罗琳娜特别忙。特别特别忙。"

"她在巴黎吗？"

诺维利摇摇头："在热那亚。自从那座桥塌了以后，她就处在伸张正义的狂热中。她收集签名，委托专家鉴定，在地方电视台发表演讲。你记得她学过法律吗，年轻的时候？"

他继续狼吞虎咽地吃橄榄，速度快到有一颗把他噎住了，他咳嗽了一会儿。

"我发现自己娶了一个女革命者。谁能想到呢？她确信会使真相大白。可惜她没有意识到自己生活在一个任何人都对真相不感兴趣的时代。"

他停顿了一下，然后说："当然，假如与此同时她能照顾一下孩子们，那对大家都更好。"

最后，孩子们和他留在了巴黎，于是他母亲搬来帮他。从过去的观察中，我觉得他们之间的关系存在问题，但我没有资格参与其中。

我们又回到出版计划，是他重新开始了那个话题。他们计划进行一次分六站的旅行,其中包括巴塔哥尼亚,希望在那里拍摄到一些罕见的气候现象。我感到一种荒唐的嫉妒,诺维利肯定也觉察到了,因为他的眼睛第一次从下向上看,刻意寻找我的眼睛,那种目光意味深长地持续了一段时间。

"那你呢?"他问我,"这段时间你在巴黎都做了什么?"

"没有做太多事情。"

"我知道你去参加了克劳迪娅的聚会。和你聊天的那个家伙,留着红胡子的那个,是我朋友。"

"那个拥有投资公司的人?"

"就是他资助了关于这本书的调研。可以说是他间接出资的。"

"什么叫间接?"

"他希望我们为他找到一个地方,建一个……隐居的场所。我们一边为他寻找,一边做我们的调研。"

"他是个生存主义者吗?"

"这么说吧,目前有两三个方面令他担忧。但有什么错呢?他有很多钱,希望有备无患。"

"而他要求你来负责。"

"这很令人吃惊吗?我在《自然》杂志上发表过四篇文章呀。"

他咄咄逼人地强调了这一点,我本能地退缩了:"不,我不吃惊。但我以为你会反对这样做。"

此时,一个男孩骑着轻型摩托车向我们驶来。他穿着优雅,与诺维利相同的风格。"他来啦!"诺维利大叫着站了起来。

尽管没有任何介绍的必要,诺维利还是这样做了:"马泰奥·安布罗西尼，我的同党。"

博士后从邻桌搬来一把椅子，坐在诺维利和我中间。诺维利把一只手搭在他的肩膀上，然后一直保持这个姿势。他的情绪突然变了。他们轻声谈了一会儿下午没有完成的工作。当服务生走过来问我们再点些什么的时候，安布罗西尼用目光询问我们俩："你们想多待一会儿，还是马上走？"

诺维利看了看手表，回答说他想要离开。"你和我们一起吗？"

"去哪里？"

"去卡斯特尔，去跳舞。"

"我还以为那里已经不存在了。"我说，不过主要是为了表达对诺维利要在半夜时分和自己的博士后一起去夜店的难以置信。

"还在。"

"周六我们一直待到四点，"安布罗西尼补充说，"他一直跳个不停。"

"他们说我的风格有点复古。我的脚动得太多了。好像不应该动脚。"

"如今跳舞都是站着不动，"安布罗西尼确认道，"但是在卡斯特尔怎样都可以。"

诺维利重新搂住他的肩膀，流露出喜悦。"妻子把你和孩子们抛下，而你发现自己是多么喜欢跳舞，"他说，"你到底去不去？"

第二天，我登上飞机，几个星期之后我进入翁贝尔托一世医院的手术室。外科医生并没有费心为我讲述手术的细节，他关心的只是我更倾向于看远处的东西还是近处的东西，仿佛这一点会揭示某种对我意义深刻的东西，我回答说远处的东西。

不过，我还是自己去网上的视频里研究了手术过程，所以知道他会在哪里做切口，使用哪种手术刀，如何去除我的晶体和植入人工晶体，他会将后者对折，以便通过比它的直径更加狭窄的缝隙。尽管如此，当我在蓝色绷带下观察这场手术的时候，并不能重建所有步骤。我是清醒的，但他们在我手上注射的东西令我感到头晕，以至于我有一种非常奇怪的感觉，仿佛他们是在给另一个躺在我身上的人做手术。某一刻，胡里奥·伊格莱西亚斯的一首歌突然响起，医生出于同情要求换一首歌。我不禁笑了，但他让我不要动。

之后，我又回到了病房，里面有另外四个人，都是男性，而且都在接受观察。其中的三位像想象中一样年纪很大，但第四位非常年轻，甚至不到二十岁。我们眼睛上都缠着绷带，背靠着两堵垂直的墙壁。我们就这样聊了几句，麻醉剂使我们的话含糊不清。

突然，在那种半梦半醒的等待中，一只手放在了我没有做手术的那半边脸上。我感受着洛伦扎的触摸。她小声问我感觉怎么样，我回答说很好，只是非常疲倦。她说："你休息吧，我在外面等你。"随后她在我的前额上轻轻一吻，就又消失了。

在家里，我既不能阅读，也不能写作，甚至音乐都是一种干扰，所以我只能坐在昏暗的卧室里。疼痛一波接一波袭来，然后再散去。洛伦扎也只是时不时到卧室里来。不过，傍晚的时候，她会躺在我身边，休息一会儿。她用手机飞快地打字，而我用手指拨弄着她的头发。这本来是谈论我们自己的最好时机，我们却在谈论其他人。

我给她讲了与诺维利见面的那天晚上，我们如何说了一些没有任何意义的话，他又是如何将我拖到了卡斯特尔夜店。"它还在啊？"洛伦扎问我。"我也是这么说的。"

诺维利和安布罗西尼搭上了一些女孩，反正去都去了。三点钟的时候，安布罗西尼想要离开，我也是，但诺维利不想走，因此我和博士后单独走在巴黎仿佛发生过袭击的空旷大街上。由于实在着急，我们把小便撒在圣叙尔皮斯喷泉里，这好像是当时最有礼貌的做法。那一刻，我终于鼓起勇气问他是什么促使他们两个开始做有关性别平等的研究，并且在那场演讲中展示出来。安布罗西尼发誓是诺维利提出来的，一切最开始只是一个游戏。"什么游戏？"我问。无论如何，他都没有想到诺维利会真的把成果公布出来。他们把他从加利福尼亚理工学院赶了出来,他当然生气,谁又能不生气呢?但现在都过去了。无论如何,诺维利是一束光,一个天才,尤其还是他的朋友。

我们两个都摇摇晃晃的,沿着我们左边公园长长的栅栏向前走。我说,在某些情况下,仅仅作为朋友是不够的,而安布罗西尼趁机更加深入:"你抛弃了他,这令他很痛苦。"

在那次午夜漫步剩余的时间里,我还发现热那亚的那次竞聘并不是为诺维利办的。"假如他们真的那么想要他,就会直接打电话了,你不觉得吗?"安布罗西尼提醒我,就好像那是显而易见的事情。"他们公布了竞聘标准,因为被内定的人并不是他,就是这样。只不过,靠着那些头衔的分量,他强行觉得那位子属于自己,因为他想不惜一切代价回到热那亚。为了卡罗琳娜,"他嘟囔道,"是的,为了卡罗琳娜。"他重复道。在那一刻,我们在暗中较量谁更了解这位教授。我又说:"他他妈的怎么想到要做那个研究?"最后,我走向一边,而安布罗西尼走向另一边。

"我并不吃惊。"沉默了片刻后,洛伦扎说。

"你指什么?"

"诺维利又找到了新听众。"

"你是这样想的?我曾经是他的听众?"

我说了太久,即使说得很慢,但还是感到疲倦。

"你记得在撒丁岛吗,他用皮划艇载着我那次?"

"然后呢?"我带着些许恐惧问。

"不要有荒唐的想法。不过,从某种意义上讲,比那个更糟。当我们到达礁石后面,他开始问一些关于你工作的问题。我在回避,不清楚他要达到什么目的,直到他直接问我:'他赚多少钱?'"

洛伦扎把头向后仰,以便注视我那只没有蒙着纱布的眼睛:"有时候你会误解别人。"

绷带下面的那只眼睛还是会流出很多眼泪。尽管术后反应与真正的哭泣没有关系,但在几个小时里,它仍然使我处于潜在的激动状态。突然,虚弱变成了某种不同的东西,如同一种极度的脆弱感。洛伦扎觉察到了:"你怎么啦?"

"没什么,其实我不知道。"

她站起身来,保持一定距离审视我,然后说:"是麻醉剂的作用。"

"那只是局部麻醉!"

"平静地呼吸。你想我把窗户打开吗?"

"不要,进来的光太多了。"

"是麻醉剂的作用。"洛伦扎又说,但她有些害怕。

她跪在床垫上,用那几个小时特有的温柔捧着我的脑袋,我对她说我很遗憾,我非常遗憾,而且我感到羞耻。

"为什么?"

"婚前课程。"我说。

"这跟婚前课程有什么关系?"

她甚至都不记得了,但我记得,因为我总是不停地回想:"在那次课上,卡罗尔建议我们做那个游戏,我们要放弃五种感官中的四种，而我放弃了视觉。"

"那又怎么样呢？"

"我错了。我说的不是真的，因为我想看见你，我非常希望一直完整地看见你。"

"你只是要戴二十四小时绷带，又不是瞎了！"

"但我说的不是这个，"我说，"我说的是一般意义上的，是最近一年，也包括以前。我为独自浪费的那些时间感到羞耻，为误解其他人感到羞耻，真的，也为我自己感到羞耻，我尤其误解了我自己和我的愿望，我完全不理解我想要什么，这在四十岁这个年纪并不正常，不是吗？"

"这只是麻醉剂的作用。"洛伦扎重复道。"不是的，这跟麻醉剂没有关系，你听我说：我为被偷的手机感到羞耻，为在巴塞罗那度过的夜晚和其他夜晚感到羞耻，为瓜德罗普岛，尤其是为瓜德罗普岛感到羞耻，尽管我们从来没再对彼此提起那件事。"

此时，她站了起来，有几秒钟的时间背对着我。我们的窗框老化了。即使关着窗户，还是会有光透进来。我以为洛伦扎会离开，而这会是我们的终点。

然而，她绕过床坐到我身边，把身体放到跟我一样的高度。她靠过来，现在，她的嘴唇几乎贴在我的耳朵上，之后的话她是低声说的，尽管家里只有我们两个人："不过，是我把你带去的，你不明白吗？是我。"

我努力透过那层咸咸的分泌物构成的薄雾用那只裸露的眼睛看清她，但没有成功。

"为什么?"

"因为需要这样。只不过要在远方,很远的地方,置身对我们一无所知的人们中间。当时我们在一起,我一直握着你的手,你还记得吗?"

"是的,但为什么?"

"为了让你知道,在我身边你可以放任自己。之后你还活着,甚至我们都还活着。事实上,我们还活着,而且在这里,在一起。现在你明白了吗?"

我头晕,而且感觉纱布湿了,害怕它会脱落。"我不知道,"我说,"可能真的是麻醉剂的作用。"

洛伦扎凑得更近,对我说:"和我一起,你永远都不用感到羞耻。永远不用。因为在你的身上,没有任何东西,绝对没有任何东西,会遭到我的指责。"

医生警告我,新的晶体会让我享受一场颜色的盛宴。"颜色的盛宴",这种表达方式让我觉得有些夸张了,然而并非如此。摘掉绷带之后,家在我眼前显得从未有过的灿烂。尤其是客厅的家具。然而它们是作为古董家具出售的,尽管可能是骗人。家具是紫红色的,非常鲜艳。我心里想,这究竟是洛伦扎和欧金尼奥,还有任何其他人一直以来看到的样子,还是真的是人造晶体的功劳。无论如何,我希望新鲜的效果能够持续得久一点。

休养的第三天,卡罗尔来看望我。我到楼下去迎接他。在拥抱他之前,我花了一点时间观察他。"要么是他们给我装了变形的晶体，"我最后说，"要么是你变壮了很多。"

"我稍稍练了一下举重。"他承认。

"教区的人有什么反应？"

他心不在焉地轻轻摸了一下腹部说："体格健壮的神父大家都喜欢。"

我们在附近散步。我有点小心翼翼，但他完全包容。他问我在我现在的眼睛里，我们看起来是什么样子，我回答说："有点水汪汪的，有点闪闪发亮。""还不错。"

我们上一次单独见面还是去年的棕枝主日，不过我们一直保持电话联系，至少到目前为止，我一直在追踪他的恋情发展。

十月份，他在没有预先通知的情况下去帕多瓦找艾丽莎，当真想要在她那里住下。艾丽莎和一起住的其他女孩还不太熟，因为硕士课程刚刚开始，一个神父的出现——卡罗尔不认为需要掩盖这个细节——在公寓里造成了混乱。他给我打电话征求意见，因为艾丽莎对他的态度非常冷淡。我告诉他应该立刻离开，去找个短租房，或者其他什么地方，总之立刻离开那里。他没有听我的话。

他在艾丽莎那里住了三天三夜，期间情况应该是越来越糟，当然打来的电话也越来越多：艾丽莎先是要求他离开，然后想要中断他们之间的关系，接着命令他永远不要去找她，甚至说他的出现令她尴尬。

卡罗尔回到了罗马，却并没有停止折磨我和她。他的执拗开始令我恼火。之后，我忘记自己是在什么地方，某家旅馆的房间里吧,他痛苦的声音闷闷地传到我的耳朵里。我的评论越来越充满无情的理性主义,直到不再接电话,他也不再给我打电话。

迟了几个月之后,现在我向他道歉,卡罗尔轻微地耸了耸肩,立刻就原谅了我。"我差点就崩溃了,"他说,"你感兴趣我才讲给你听,我不想令你厌倦。"

"我当然感兴趣。"

"从帕多瓦回来的时候,我已经失去理智。"

"这个我记得。"

"我感到窒息。我说的是字面上的意思,尽管我还在呼吸。我对自己说,你会看到的,明天会好起来,然后早上我醒来,情况只是变得更糟。耶稣受难是很可怕,但好歹只持续了三天,而我的痛苦持续了好几个月。"

他的对比中没有任何幽默的成分,就好像他当真这样认为,而我没有说话:这终归是他的领域。

"我去看了几次医生,但好像没有什么问题,医生将它定义为普通的呼吸困难。呼吸困难:他使这个症状显得荒唐。医生希望我服用镇定剂,但你知道我对药物的看法。后来有一天,我在社交平台上看到一张艾丽莎的照片,跟一个男孩在一起,事实无法改变,但某种东西令我抓狂。我那天有约会,但我并不在乎。我又坐火车去了帕多瓦。我到她家楼下的时候已经是晚上了。我没有通知她,但在按响对讲机之前,我朝她住的楼层注视了一会儿。灯亮着,她的一个室友从窗前走过,喊了一声,并非出于恐惧,而是一声喜悦的 wow。仿佛屋里正上演着非常无忧无虑的一幕。我立刻明白那是对我的警告。我不能闯进去，破坏那种无忧无虑的场景。我必须悬崖勒马。"

我们走到了圣母大殿，卡罗尔犹豫了一下要往哪个方向走。没有区别，反正我们只是散步而已。

"我整夜都在帕多瓦转悠，"他继续说，"因为已经没有火车了。在火车站前的广场上，我认识了一个哥伦比亚男孩，名叫温斯顿。我们开始聊天。夏季他在海边工作，尽量存钱。一年里剩下的几个月，他就住在大街上。他画水墨画，有点幼稚，但挺漂亮，画的都是女人，有一些可以卖。我买了一幅。他的选择是完全自由的。那次相遇让我想到了我自己，在刚刚确定志向的时候。我确信应该寻回传教士的精神，从朝圣和贫穷的誓言中重新开始。回到罗马之后，我重新阅读了圣方济的所有著作。我可以向你发誓，我几乎要跟温斯顿联系，和他一起去流浪。到了这种地步。"

"后来呢？"

卡罗尔做了个失望的手势："没有后来。你明白这种事情会如何发展。"

"你还跟她联系吗？"

"艾丽莎？不像我希望的那么频繁。不过我们几乎每天发信息。她变了。学习生物学使她变得，"他停顿了一下，寻找合适的表达，"非常理智。我与她的这种倾向斗争。我正在说服她花更多时间在诗歌上，并且给她发歌曲来启发灵感。你看。"

他把手机屏幕给我看，用食指滑动长长的播放列表。尽管离得很近，但我看不清楚歌名，只能辨认出专辑的封面。其中的很多，我在疲惫地漫步巴黎时都听过了。这并非巧合：当我把 iPhone 送给卡罗尔的时候，也把还在有效期内的 Spotify 音乐服务平台的会员留给了他，所以他的曲库跟我是同步的。

"甚至，假如你有推荐的话，"他说，"不过你最近添加的几首歌真可怕。尤其是这个。"

"艾费克斯双胞胎？"

"我试了又试，但就是欣赏不来。我觉得只是噪音。这使我有些担心你。"

我故意忽略了关于担心的说法。我说："无论如何，你痊愈了我很高兴。"

卡罗尔停下来，全神贯注地用手机的边角刮了刮下巴。"我不会说痊愈。因为不曾有过疾病。除了呼吸困难。"

"或许我的表达不准确。"

"这对艾丽莎太不厚道了。"

"我只想说，我非常高兴你挺过来了。这不是个快乐的故事。"

这时，他抓住我的手臂，迫使我注视着他的眼睛："艾丽莎和我，我们是相爱的。"

他的表情有所不同，仿佛突然意识到我们之间的误会。我小心翼翼地抽出被他抓住的手，同时寻找着合适的词语："看得出她和某个人在一起。她又回去和前任在一起了。你在电话里告诉我了。"

卡罗尔沉默了片刻，注视着道路尽头，双手重新插进口袋，然后用非常平静的声音说："他一点都不重要。我们的结合属于另一种不同的范畴。是宿命。不过，我知道这不容易理解。"

突然，我不肯定他是非常脆弱，还是刚好相反，前所未有地坚定。

"艾丽莎要像她同龄的女孩那样去感受意义，而他属于这个过渡阶段。然而，我们超越了时间，所以，等待并不重要。结果已经注定。"

"就是你们两个在一起。"

卡罗尔朝我投来稍带惊愕的一瞥，说："当然。"

又一阵沉默之后，他建议给她打电话。"现在吗？""至少跟她打个招呼，她会高兴的。"他拨通了 FaceTime，我们一起注视着屏幕。

艾丽莎没有接电话。"可能她在上课，"卡罗尔小声说，"无论如何，下个月她应该会回来。也许我们可以去上次那家餐馆，我们四个，还有洛伦扎。"

随后的几分钟，当我们沿着加富尔大街向前走的时候，未被接听的电话带来的那种未完成感一直伴随着我们。审视着他的后背，我说："你的体重真的增加了很多。"

"坐在凳子上，我能举起一百三十公斤。"

"听上去不是个小数。"

"你也可以做到。"

我陪他走到地铁站。有个问题在我脑袋里面徘徊了很久，我请他允许我问出来，但还是犹豫："或许太私人了。"

卡罗尔示意我继续问。于是我问他，在他个人的受难之后——我用那个字眼毫无讥讽之意，只是因为他首先用了那个词——和艾丽莎一起经历了那些之后，他是否还相信上帝。

他毫不犹豫地回答："上帝对我已经不再重要。但耶稣是的。甚至，是在不再关心上帝之后，我才开始真的相信基督。理解基督。全心全意。这些词，我重复了很多年，却没有任何权利使用它们。然而现在我确切地知道它们意味着什么。"

气候指数证实，平均来说，二〇一九年在最近两千年最热的年份里排名第二。不是二十或者两百年，而是最近两千年。夏天，分布在欧洲各地的八十四个气象站记录的气温创下历史新高，格陵兰岛的解冻季比往年提前了一个月，威尼斯涨水的水位也是最近半个世纪以来最高的。政府间气候变化专门委员会在其报告中，以一贯的悲天悯人的口吻提出了整个地球冰冻圈面临的难题，不仅包括极地冰盖，还有冰川和永久冻土层。按照这种速度，可以预见，到二一〇〇年海平面至少会上升五十厘米，而且这种上升会持续几个世纪。

显而易见，并不只是全球变暖：一头鲸鱼被发现死在菲律宾的达沃湾，肚子里有四十公斤的塑料；在珠穆朗玛峰顶部排队拍摄导致两个阿尔卑斯山登山者的死亡；也门遭遇前所未有的蝗虫入侵，其背后的机制极具象征意义：异常降水（可能也是由于气候变化）在沙漠地区造成了虫卵的激增，新生的蝗虫发展出了异常特性：更大，更强，而且飞行距离更远。当它们聚集成可怕的庞大群体时，又产下更多的卵，从而造成指数级增加。

很多人认为，目前除了逃走别无他法。为此，埃隆·马斯克建议在火星两极引爆核弹头，以便引发一种连锁反应，（或许）能够赋予这个星球一层原始大气。在一些社交媒体，尤其是推特上，人们正在严肃地探讨这个建议。不过，"好奇"号火星探测车拍摄的火星照片令人沮丧：除了单调而又布满灰尘的表面，那里什么都没有，严格地说完全不适合人类居住。所以说，我们还将会在原地停留很久，过着像往常一样的生活。毕竟不断传来的灾难消息对我们的生活影响不大，或者至少没有影响到我和我认识的人。人们甚至预计明年会变得更糟，后年也是，以此类推。今天，当我回想二〇一九年，会产生一种不可避免的疲惫感，就好像幻灭已经彻底渗入每个人的大脑组织当中。

整个十二月，罗马的最高气温保持在十摄氏度以上的水平。即使在那一年的最后一天，天气也是温和的。没有人敢于抱怨这种不寻常，包括我在内。洛伦扎和我在寻找新的朋友，没有过错的、轻松的新朋友。楼上的住户是一对刚刚搬来不久的夫妻，我们邀请他们共进晚餐。

在参观了房子，进而对比了平面图（几乎是一样的）之后，我们坐在客厅里，没有更多话题可谈。不知是出于真心还是假意，作为工程师的邻居对电唱机产生了兴趣。"您是黑胶唱片爱好者吗？""并不算是。""您用过它吗？""没有。我是一时心软买下的，但是里面有沙沙声，所以就作为摆设放在那里了。"他坚持让我给他听听是什么沙沙声。为了不显得无礼，我钻到架子下面连接电线。"咱们得把它拆掉，"他宣布。"现在吗？""为什么不呢？"

晚上的大部分时间就是这样度过的：邻居盘着腿坐在地板上，查找油管上面的教程。一开始洛伦扎反对将晚餐转移到客厅，把盘子摇摇晃晃地放在膝盖上，但最后她让步了。邻居清洗了每个部件，润滑了机械装置，最后把一切都完美地组装起来。尽管没有人真的在乎，但当他把针放回唱片上时，空气中弥漫着某种期待。歌曲开始了，但沙沙声仍然存在，和之前一模一样。

午夜到来的时候，大家都松了口气。很可能从第二天开始，在楼梯上碰到邻居一家会有些尴尬，但当时我们并不在乎。

他们走了之后，洛伦扎和我又喝了一杯，庆祝刚刚开始的二〇二〇年，这一次有更多的默契。虽然我们分开了一会儿，各自拿着手机忙碌，发送新年短信。晚餐的时候，我想到了朱利奥、卡罗尔，甚至是诺维利，然后感到一种奇怪的忧伤。我感觉与他们之间都有某些事情悬而未决，尽管很难确定到底是什么。他们都回复了我，表达了新年祝福。

将近六点的时候，欧金尼奥的电话把我们吵醒。他正在回家的路上，也知道当时是几点，但还是要我马上去接他。不，没有发生什么严重的事情。"我在民族大街路口等你。"

我穿上了运动服和外套就出了门。

"你肯定看到了吧。"见面时他对我说。他指了指路面。整条路都铺满了鸽子的尸体。往那里赶的时候，我也零星看到几只，但民族大街上有几百只，甚至几千只。

"他们到底对它们做了什么？"

"是烟花。至少我认为是。"

"为什么？"欧金尼奥追问道。

"因为是元旦。"

"应该禁止他们这样做。"

他的眼睛里闪着泪花。我试图缓和气氛："与那么多濒危物种相比，我并不太担心鸽子。甚至相反。"

欧金尼奥注视着我，脸上还带着孩子气的愤怒。

"好吧，好吧。对不起。"

我们往回走，置身于那场鸟儿的杀戮，需要当心别踩到什么。

我本来可以将那个时刻解释为某种预兆，但我想我当时并没有那么做，很可能没有，而现在再将它描绘成那样没有任何价值。

"至少派对很不错。"

"凑合吧。"

"你喝了很多酒吗？"

"正常。"

他不情愿地习惯了鸽子的尸体，尽管不会承认。两个小时之内，城市清洁工会消除这些痕迹，他也不会再去想。

"我知道这会儿这样说不太好，"我说，"但到了这个点，我们也可以吃早饭了。"

他衡量了一下那种实际上在他看来没心没肺的做法，然后问："去哪儿？"

"你才是那个夜游神。"

他环顾四周。"那边吧,"他说,"不过要去圣洛伦佐那边,你行吗?"

我一边跟在他后面往车站走,一边给他讲我们的家庭派对是多么缺乏刺激。他的外衣敞着,里面是件短袖T恤,我忍住给让他拉上拉链的冲动。在那个时刻,我不知道我们像什么,是年龄相差很远的兄弟、一对奇怪的朋友,还是父亲和儿子。不过,表面看上去,我们是经历了同一个夜晚的幸存者。

"你一定要从隧道里走吗?"

"这样更快。怎么啦,你害怕了?"

"瞧你说的。"

然而事实上是这样,我有点害怕。我说:"无论如何,我希望你一个人的时候不要走隧道。"他大度地放任了这个过时的叮嘱。

在欧金尼奥还是小孩子的时候,我希望他爱上露营和下棋,这样就可以更容易地与他共度时光,但这些活动没有一个成为他的爱好。后来,我又希望他喜欢数学,但他并不擅长。在很长一段时间里,我认为除了遗传基因以外,那些不同是我们关系的主要障碍。几年前的一天,我在火车上给他打电话,提问他关于完全平方公式的问题,因为第二天早上要考试。我把脑袋靠在车窗上,听着他背诵:"a 加 b 的平方,等于 a 的平方加 b 的平方加两个 ab,a 加 b 的立方等于……"一旦背错,我就小声纠正,以便不打扰其他乘客,同时被沮丧淹没,谁知道是为什么。

"你记得完全平方公式吗？"我问他。

他稍稍转过身说："当然。不过，你为什么现在想起这个？"

"我也不知道。我就是想起来了，仅此而已。"

"你疯了。"

在圣洛伦佐，他指向一家比萨店。我们每个人点了一角，然后又点了一次，期间轮流讲出新一年想做的事情。欧金尼奥比我想象的更加认真。为了让他满意，我也努力想出了两件事。他发现我心不在焉，就问我正在想什么，我说："没什么，我在听你说。"

假如我有一次——纯属假设——能够诚实和坦白地面对他，就会回答说我还在想完全平方公式。我在想那次发生在火车上的事情，不止如此，还有所有那些我为他做的意大利面，在派对外的车里等他的时光，那些填好的表格，那些多余的叮嘱，还有小时候放在房间角落的彩虹喷雾器，如今也不知道被丢到哪里去了。我正在想所有那些事，还有二〇二〇年元旦我们作为早餐吃的这角计划之外的比萨。所有这些东西加在一起——我不能肯定，现在我是第一次考虑这个问题——或许就意味着成为父亲。

朱利奥从克鲁格国家公园给我发来照片。他只有在基地才能上网，所以我们总是在同一个时间发信息，也就是晚饭后。他发的照片无论从光线还是主题看都如此完美，就像是从《国家地理》杂志网站上复制粘贴过来的。长颈鹿，浮出水面的河马，一对豺狼围着斑马的尸体，奔跑的羚羊，还有壮丽的日落。

有时候是红外线捕捉到的夜间画面：一只孤独而又梦幻的豹子穿过画面，白色的眼睛无意识地转向镜头，瞬间亮起。

他在短信中写道："这里有与众不同的东西，仿佛一种深刻的归属感。动物们认出了你，你也认出了它们。我们在几千年里共存，以彼此为食。如今我们只会成为律师和心理医生的食物。"

或许之前的几个小时里他一直在追踪引蜜鸟，也就是引导人类去寻找蜂蜜的鸟。"它把你唤到身边，"他给我讲述着，几乎无法抑制自己的激情，用一个元音模仿鸟儿奇怪的叫声，"当你靠近的时候，引蜜鸟又转移到另一棵树上，再把你吸引到那里。一步一步地，它把你引向蜂蜜。我们之间曾经订下古老的契约，只不过我们人类丢失了这段记忆。"

"最后真的有蜂蜜吗？"

"显而易见。"

"但即使克鲁格国家公园，"随后他立刻解释说，"也是一个幻想：幻想人类与其他物种一样，仍然是生态系统的一部分，而且那里的自然仍然是原始状态的自然。但并非如此。公园是精心管理的系统，是人类以隐形方式管理的：定期放火清整植被，保证付费游客能够看到动物，通过引入新的雄狮来控制狮子的数量（它负责清理其他狮子的幼崽），在有些保护区会对大象实施强制避孕。"

"总之，人类化是无可救药了。"朱利奥使用了这个字眼，"人类化"，但我觉得他在影射某种比公园更加大的东西：人类无可救药了，现实无可救药了。

他跟我谈起训练。他正在学习痕迹跟踪和调整自己在遇到危险时的反应。在大草原上，几乎所有本能反应都被证明是错误的。比如，面对一头狮子，本能反应告诉我们要尽快逃跑，然而逃跑是没有出路的，因为示弱会使狮子发起攻击。"所以呢？"我问他。"所以必须谈判。""假如谈判结果不如预期呢？""那么你应该尽量大声喊叫。"

事情的发展差不多是这样的：狮子会冲锋，这是假的，示威性的，你必须冷静地站在原地，具有和它一样的攻击性，冲着它大声喊，或者敲打步枪。假如你足够自信，狮子就会停下来，接着后退。这样的话，你也可以向后退一步。然后一切重新开始：另一次假的冲锋，你叫喊，狮子退让，于是你又赢得一米。这个局面可以持续几个小时。

"我觉得这非常具有隐喻性。"我给他发信息。

"隐喻什么?"

然而,我放弃了深入思考这个想法,到处寻找隐喻或许真的没有意义。

我情愿用过盛的想象力想象朱利奥和他的同伴——那些见习护林员们——练习喊叫。我想象他们站在营地边缘,用尽全力朝着空荡荡的草原咆哮。这应该就是他去那里寻求的解放,或者至少我是这么希望的,为了他。

第三部分

辐射

朱利奥和我，我们坐在石头水池边缘，按照规定赤裸着，注视着城市。一座摩天大楼顶端广告牌上的"朝日啤酒"字样有节奏地组合然后分解，与远处的车流一起，制造出唯一运动的风景。此外就是灰色与褐色的建筑，山丘，还有阴云密布的天空。按照直线距离，"小男孩"炸弹的爆炸中心距离我们大约一公里，所以我们位于彻底破坏区域的半径之内。七十七年前的八月六日，我们从这里注视着的那部分广岛，在刹那间化作一堆瓦砾。现在我们所看到的一切，除了山丘以外，什么都不存在。

到达之后，我们才发现酒店十四层有公共浴池。前台的女孩腼腆地指着一幅插图上男人的手臂、大腿，最后是生殖器，跟我们确认是否有纹身。"没有吧？"那么浴池可以供我们使用。除了用来洗澡的区域，温泉区包括两个热水池、一个非常烫的桑拿池和一个冷水池，从中可以得到健康的热冲击。平日里，那儿应该挤满了游客，甚至包括欧洲人，今年却并非如此：和我们一起的只有一个日本盲人。他用一根拐杖来确定方向，以一种出人意料的轻盈穿梭在各个水池和更衣室之间。由于存在健康风险，日本还没有向游客开放，除非像我们这样有严格的工作原因。如果参加历史纪念活动的好奇心，以及完成一个几年前开始、而从那之后始终未能完成的循环，也能够被认为是"严格"的工作原因的话。对于在航班上结识的那个向日本人出售杀鸡用的机器的德国乘客，朱利奥毫无顾忌地回答："我们是为原子弹来的。"

到达那里非常困难。不仅仅是旅行本身——俄罗斯领空关闭，或者说法航决定避免从俄罗斯领空经过：导弹从那里发出，永远不知道会发生什么；我们从南边绕过去，从格鲁吉亚、哈萨克斯坦和戈壁上空飞过——还包括出发前数月的准备工作：获得签证，得到邀请函，对于我参加广岛和长崎纪念仪式的申请明确和反复的拒绝。这一切已经在二〇二〇年夏天推迟，又在二〇二一年再度推迟。无论如何，朱利奥和我还是到了这里，身上滴着水注视着广岛。我们许久未见，他胸口中央的那撮毛已经变白，但我并不觉得奇怪，因为我也一样。我们保持沉默，直到我开口问他："准备好了吗？咱们出发？"

大约一个小时之后，我们从地铁出来，发现自己身处广岛和平纪念公园（原爆圆顶屋）面前，它是原子弹爆炸之后零号地区留下的唯一建筑。冲击波垂直击中了它，围墙和铁制圆顶勉强幸免于难。这个圆顶，朱利奥和我已经在电视和书籍上见过无数次，但这丝毫不影响它的庄严。我们绕着废墟转了两圈，以便研究它。有人在河边慢跑，由于对纪念碑习以为常而根本不屑看它一眼。公园里满是蝉鸣，叫声比我们的蝉频率更高，或许这是我的感觉（朱利奥也有同样的感觉）。从照片上看，我总是对这个圆顶有种不同的感觉，更加简朴和荒凉。事实却相反，它坐落在一片安静的背景中间，位于城市的正中心。我抬起头，现在天空晴朗，只有几片低云，在夕阳下呈现出柠檬色。我无法估计六百米有多高，但我打赌在一个如此晴朗的日子里，我能够在闪光发生片刻之前，辨认出"小男孩"坠落时拉长的影子。朱利奥猜到了我的想法，用一种对他来说非同寻常的简洁说："无论如何，他们的所作所为实在是疯了。"

我们拍了几张照片，或者说是他拍了几张照片。他以摄影记者的身份稍显虚假地获得了到日本来的邀请。朱利奥自认只是业余爱好者，为他的摄影器材感到羞耻，但内心还是认真对待这个角色。无论如何，天色暗下来后他无法继续，于是我们专心找地方吃晚餐。我坚持导游推荐的那家，但最终进入游客动线、像普通游客一样行动令他感到恐惧，仿佛会使他落入永恒的道德魔咒。"可是你没有发现这里只有我们吗？"我忍不住说，"我们是整个日本唯一的外国人！"

他立刻就顺从了我。最终，他觉得鸡心串和鸡皮串令人满意，环境也算别致。我们一边吃，一边谈着出发之前几天他向我提起的一篇文章。文章断言：应该彻底消除对人类灭绝的禁忌，有勇气公开谈论它，因为这是气候演变的一个合理场景。根据科学家们（朱利奥也这么认为）的想法，考虑人类灭绝会对唤醒人们和敦促他们行动产生积极的效果，就像八十年代那些关于核冬天的发言一样，为裁军铺平了道路。

"你真的相信吗？"我问他。

这个问题对于朱利奥来说好像出乎意料，他问："为什么不，那你呢?"

"我是说,面对人类灭绝的可能性,你真的认为我们的行为会变得不同吗?"

他思考了一会儿,就好像我让他意识到自己的天真。然后,他重新鼓起勇气,辩解说,我们每个人都应该立刻行动起来,而不是陷入失败主义。他跟我谈起某些针对浮出海面的火山岛的研究,以及它们如何逐渐被植被占据,首先是那些不需要什么营养就能生存的先行者,然后是从它们身上汲取营养的其他植物。总之,他跟我谈起科学意义上的重生,这是他允许自己谈论这个话题的唯一方式。我一直听他讲到最后。之后,我向他指出,与我相比,他的希望拥有更加坚实的基础,因为他研究、讨论、行动,而我只是顺其自然,从大学时期开始就始终如此。我不知道自己为何选择了这种表达方式,"希望的基础",我觉得并不那么确切,但朱利奥立刻就理解了。"我有一个儿子,"他回答,再次变得无助,"我还能怎么做?"

我们又回到十四层的浴池,注视着灯火通明的城市。后来,我们回到房间,穿着旅馆的睡衣,看上去就像双胞胎。朱利奥比我睡得晚。按照法官的判决,他与阿德里亚诺的通话时间被限定在一周中确切的时间,尽管由于时差变成了深夜——因为没有例外——但他不愿意错过任何一次通话。

八月六日,我们醒得非常早。预计在七点之前登记入场,然后仪式立刻开始,以便与轰炸的时间吻合:八点十五分。我们被引导至不同的区域,我在国际观众当中(人数控制在最低限度），朱利奥则和摄影师一起。开幕式上，观众被提示不要唱《广岛和平之歌》，以避免病毒的传播。除此以外，至少从仪式进行的方式来看，我猜每年都是同样的程序：向死难者献水，因为在原子弹爆炸的那天，烧伤者曾经乞求得到水；献花，吟唱令人心碎的赞美诗；日本首相、广岛县知事、联合国秘书长发表讲话。随后，我们肃立祈祷，聆听钟声，放飞鸽子。不过，总的来说仪式使我感到冷漠。一切都经过了太多的研究，太多规矩，又或者是因为耳机里的英语翻译使我无法融入其中，而是置身事外。出来之后，我与朱利奥会合。"他们一张照片都没让我拍。"他抱怨道。"为什么？""不知道，"他阴郁地说，"我完全不知道。"

时间还不到九点。摆在我们眼前的那些需要填满的时间令人忧心。晚上，还是在零号地区，要举行点灯纪念活动，预计比刚刚进行的活动更加感人。然而，我们已经退房，所以不得不在超级炎热的城市里闲逛，没有任何栖身之地。我们决定去参观宫岛，一座位于内海的岛屿，尽管那里是一个传统意义上的旅行目的地。"你注意到了吗？"在渡轮上，朱利奥说，"在纪念仪式上，他们没有提到美国人。从头到尾都没有。就好像原子弹来自虚空，是一场大气灾难。"

"又或者是一种神圣的惩罚。"

"一种神圣的惩罚，对的。"

在宫岛，我们吃了鳗鱼和绿茶麻糬。我们和一群日本游客一起登陆，但午饭之后，突然下起倾盆大雨，岛上顿时空无一人，于是我们在大雨中躲进一座空荡荡的神社，里面只有我们。雨停之后，天空依然显得非常壮观。有一种特殊的云，巨大的积雨云，在当地被称作 nyūdōgum，由 nyūdō（巨大）和 kumo（云彩）组成。它多形成于这个季节，以至于在一些俳句中，它被用作"夏天"的同义词。我不知道是否就是我现在看到的笼罩大地的云，要问问诺维利才行。

我们在将近日落时分回到广岛，河岸和桥上已经挤满了观众。女孩们优雅地把便携式电扇置于面前或者颈部。朱利奥和我坐在石堤上，也就是幸存者的叙述中反复出现的那个堤岸，两脚悬在空中。随着天光越来越暗，第一批纸质灯笼从停泊的船只和台阶上放入水中。灯笼中间有一根蜡烛，在木制的 X 形木架上漂浮。如果纸由于某种原因脱落或变软，裸露的 X 形木架会继续向前漂浮，如同移动的靶子。灯笼究竟是和平的信号，还是向另一个世界旅行的亡灵，或者只是一种编舞效果，我不知道，但仅仅是它们在今天沿着这条河漂流本身，就传递着某种令人心酸的东西。朱利奥一边尽可能快地拍照，一边还在抱怨镜头在克鲁格国家公园进了沙子，也抱怨自己从来没有去清理它。实际上，我们所有人都把手机举在空中拍照，以便获得更好的取景。我把最成功的照片发到了和洛伦扎还有欧金尼奥的群里。与此同时，警察包围了一个跪在柏油路上绝望尖叫的男人。

我们乘坐末班火车抵达福冈。天色已经很晚了，我感觉自己不停地流汗，就像是一种净化，但朱利奥无论如何都想试试街边小吃。所以，放下行李之后我们拖着沉重的脚步来到河边，另一个县的另一条河。睡觉的时候,已经是凌晨两点多了。我们含含糊糊地互道晚安,因为我们两个都咬着东西以避免磨牙。朱利奥开始打呼噜的时候,我戴上了降噪耳机,打开应急音乐列表:大自然的声音、瀑布、雨声和暴风雨的声音。在这些白噪音里,我重新看到点燃的灯笼渐行渐远,现在毫不怀疑它们就是灵魂,那些亡灵被缓慢的水流送向大海。

我记得二〇二〇年八月,日本首相安倍晋三在长崎原子弹爆炸死难者纪念仪式上重复使用了仅仅几天之前在广岛的发言,因此引起巨大的争议。根据一款反抄袭应用程序,两篇演讲的吻合度高达百分之九十三。一个月以前,安倍晋三在奈良的一次选举集会上遭到刺杀。凶手山上彻也用橡胶和胶带自制了一把短管猎枪(他知道如何做,而且为此训练了一年半),向他连开两枪。出发之前,我有点愚蠢地以为日本人会惊魂未定,处于普遍哀悼和高度戒备状态,但是并没有。完全看不到安倍的痕迹,或者是我没有看到。在广岛的纪念活动上,人们谈到了乌克兰战争,甚至是气候变化,对他却只字未提。唯一一个我敢于向其提出这个问题的,是一位五十岁左右的女士,她回答:"非常难过,我哭了。"仅此而已。

在福冈,我们错过了早餐时间,于是下楼去了一家咖啡馆,那里的菜单上没有图片。幸好朱利奥在手机上下载了一款应用软件,可以拍照将文字翻译成英语。我们用它来点餐,接着又破译昨天在宫岛神社领取的幸运签。对于我的幸运签的翻译非常粗糙,但可以理解。上面写着：纠正你的思想，幸福就会到来。婚姻是困难的，但假如我们共同努力，以后就会好。目前花朵没有结出果实，但花朵依然就绪。依然就绪。为了什么？我心里想。朱利奥拿的纸条却完全无法理解，仅仅是某个地方写着"苦涩"这个字眼。

在博多车站，我们租了一辆丰田车。将朱利奥的手机和车载电脑连接之后，我发现里面只有一首歌，《今夜狮子睡了》。"你只有一首歌。"我有点难以置信地说。"啊是的，的确如此。""为什么？""因为好听。"

在两天的时间里，我们几乎在不停地开车。或者说是他在开车，而我给他指路。九州岛内陆郁郁葱葱，山坡上覆盖着针叶林，树冠的高度几乎完全一样。我们长久地沉默和欣赏。不过，鉴于远离欧洲，我们也会彼此简短地倾诉。朱利奥问我最开始与欧金尼奥的相处如何，其实他真正想问的，是当我们都还那么年轻的时候，我为什么选择了一种如此复杂的境地。我们还谈了一会儿血缘及与其相关的话题。方向盘的控制装置与欧洲相反，箭头取代了雨刷，所以朱利奥总是错误地启动它们。

在由布院，我们去湖边散步，那里看上去更像是一个泥泞的池塘，在小径上我们遇到了黑色翅膀和彩虹色身体的蜻蜓。朱利奥认为那些反射是由甲壳质层造成的，不过他并不确定。当我把枫叶的颜色指给他看时，他也为我奉上化学角度的解释。朱利奥对任何事情都有答案，就好像不允许自己听从无法理解的现象的摆布。当他没有答案的时候，就用问题来填补空白：他想知道车道上面画的那些菱形是什么意思，想知道日式酱汁是用什么做的，想知道今天早上我们听到的那些唱歌的鸟属于什么种类，假如果真是燕子，那么它们从日本迁徙到何处过冬。他想知道所有这一切，而我却什么都不想知道。"你什么都不好奇。"他指责我，而且态度并不太好。"不，不太好奇，不再好奇。"事实上，我们都不习惯与人一起度过这么久的时间，对我来说是与洛伦扎以外的人，对朱利奥来说是与任何人。我们越来越频繁地轮流和突然地表达不耐烦，尽管我们在尽量克制。此外，我如坐针毡。这几天我一直等待着某种事情发生，但又不肯定是什么。假如我找不到它呢？

八号晚上，我们到达长崎的时间比预计的晚。酒店位于金比罗山山坡的高处，从房间可以俯瞰港口和滨町区的景色。我们刚刚走过的，可能就是爆炸发生三天之后，田中和母亲一起穿过尸体和废墟时走的那条路，很有可能。有片刻工夫，我为没有安排与他见面而感到遗憾。我和他主持的协会通了几封邮件，但田中先生好像因为周年纪念的事务而非常忙碌，用英语交流也很累人，当中充满了模棱两可和误解。在飞机场，我还是买了香熏蜡烛，想送给他作为礼物，而朱利奥负责确认在日本蜡烛并没有不祥或者丧礼的含义。现在，他看到我陷入沉思，又一次坚持道："给他发信息！"

"我不知道，要不明天吧。"

"什么明天啊，明天。"

他嘟嘟囔囔地进了卫生间。他不理解我为何多有保留，说实话我也不理解。

由于长崎的原子弹比广岛的爆炸得晚,纪念仪式也开始得较晚。这使我们早上有时间在和平公园散步,那里有一根黑色巨石,标志着爆炸中心。我们还参观了旁边的博物馆。在光线昏暗的陈列室的玻璃柜里,展示着被原子弹的巨大威力所改变的事物:在热浪的灼烧下屋顶的瓦片上布满星星点点的气泡,墙壁上印着一个人和一架梯子的轮廓,融化后凝固在一起、呈甜甜圈形状的一卷铁丝网,团在一起的熨斗,破碎的衣服,当然也有尸体,包括因为灼烧而变得平滑的面孔,被封住的眼睛,还有裂开的嘴巴等有机体残骸。在出口处,有一个全尺寸复制的"胖子"原子弹复制品。黄色的,一种鲜艳的黄色,中间的接缝涂成红色。我之前对此并没有概念。我一直想象原子弹是灰色的:除了灰色,炸弹还能是什么颜色?那个原子弹复制品旁边有一个视频作为证据:一群美国士兵,所有人都很年轻,赤裸着上身,正从机库房里把已经涂成那种俏皮的黄色的"胖子"运出来。他们对待原子弹的态度是友善而又尊重的,但没有任何神秘感,就好像那是一个巨大而珍贵的玩具。

在广岛之后,我对纪念仪式就没有太大期待了,甚至连活动流程都是几乎一样的:又是献花和献水,又是呼吁和平和裁军,又是默默祈祷和放飞和平鸽。我更关注炎热的天气,今天格外难以忍受,而且我的运动鞋非常不合时宜。他们在前几排给我留了座位(但没有能够为朱利奥争取到一席之地)。所有人都打着黑色领带,无可挑剔。即使坐在我旁边在日本生活多年的芝加哥女记者也穿着优雅,十分得体。她对我产生了好奇,问我来做什么。我做了解释，但没有说服力。她告诉我，往年的参加人数是那天上午的十倍。我拦住分发冷冻小毛巾的男孩，跟他多要了两个，虽然可能不应该这样做。我一口气把一瓶半升的水喝掉一半，因为保持水分很重要。然后，几乎是为了打发时间，我不假思索地写信给田中的协会，告诉他我的座位号码。但已经太迟了，我明白，戴着口罩，而且那次远程通话已经过去很久，我不可能认出他，所以我已经放弃了希望。发邮件只是为了日后没有理由责备自己不曾尝试。

现在几乎所有人都坐了下来。手语译员正在比比划划，最后一次演练。我正是在那个时候看到了他，片刻之后他也看到了我。他和别人一样穿着黑色西装、白衬衣和领带，只不过头上戴着一顶浅色渔夫帽，显得更加和蔼。他正在打电话，我意识到他在找我。当田中多留见数着排数来到我的座位时，我已经站了起来。

"保罗桑？"他说。

"对，是我。"

不知道为什么，跟他握手时，我无比激动。我勉强忍住了泪水。我们无法交流，我本可以求助于从我背后窥探这一幕的美国女记者，但那将是对这一刻的侵犯，所以我只能不停地对田中重复："谢谢，谢谢。"他低下头微笑着，表现出极度的礼貌。然后，我从地上抓起书包，在里面翻找，拿出我给他带的礼物，突然觉得有些拿不出手，因为袋子上印着"免税"字样。我还是双手把礼物递给他，我学到这里的礼仪是这样。我希望至少合个影，但仪式就要开始了，女工作人员邀请田中回到他的座位去。

　　我认为，正是由于这次会面，长崎纪念仪式的每一个环节都获得了更加深刻的意义，尽管甚至没有翻译。优美的舞蹈，同步的鞠躬和对称的几何图形，献花和献水，合唱与放飞的鸽子，今天在我看来意义更多更多，多得多。我不时望向坐在前面几排的田中先生，猜测着他看到的是什么，或许只是他烂熟于胸而且已经心不在焉的流程，又或者在他面前依然呈现出爆炸前的最后几分钟，作为孩子的他在二楼的房间里，慵懒地在床铺和窗户之间走动。十时五十八分，还有四分钟，我的喉咙处有一个解不开的结。我产生了一个想法，把它记在手机上，现在我把它写在这里：可以在一个孩子的故事里，为全人类的命运哭泣，就如同发生在我和他身上的那样。

　　在爆炸前一分钟，我们起立祈祷。现在，我们只能听到钟声，以及摄影师拍摄幸存者的咔嚓声。再过些年，他们都将不复存在，一切都会改变。田中那张隐藏在渔夫帽下的面孔显得高深莫测。十一时零二分就这样到来。

　　朱利奥留在和平公园等我。他有点中暑的征兆。"抱歉让你久等了。"我对他说。

　　"其实很有意思。这里有某种反仪式。僧侣、激进的和平主义者、反核武器者。这有点让人想起当年的社会论坛。"

　　"总之，是你的菜。"

　　"的确。"

我们与幸存者的后代田上月惠有个会面。我从我的日语翻译良助那里得到了她的联系方式，于几个月前在 Zoom 上采访了她。月惠在长崎做财务顾问，父母都是原子弹爆炸的幸存者。尽管他们都还健在，但父亲身患三种癌症，分别是胃癌、大肠癌和结肠癌。月惠从小就身体孱弱，学生时代曾长时间休学。上小学时，她的两个女老师都是幸存者，其中一个脑袋转动的方式很奇怪，总是在摇晃，就好像脖子无法支撑它的重量。一年级的一天，月惠和其他的孩子正在打扫走廊，另一位老师开始吐血，然后倒地，月惠就这样眼睁睁看着她死去。

她在人群中发现了我们（这并不困难），连忙示意我们跟她上车。"月亮，"她自我介绍道，"叫我月亮吧。"朱利奥和我坐在后排座位，她坐在驾驶位上。她戴着黑色的手套，用来搭配纪念仪式的服装，袖子一直延伸到臂弯。她身边有一个男孩，可能是带来给她做英语翻译的，或者只是她的朋友而已，无论如何，他非常腼腆。我们到了城市的另一端，那里有科学博物馆。关于月惠，我知道她嫁给了一个幸存者的儿子。他们努力了很长时间想生孩子，但一次是宫外孕，另一次在临近分娩时胎死腹中。就像丈夫曾对她说的："原子弹还是以某种方式击中了我们。"就像她对我说的："最终留下的是辐射。"

我们吃了用各种方式做的豆腐：用醋泡的，加海带的，由于语言的问题，谈话超级简单。我们被迫筛选问题，并在必要时多次修改措辞。"为什么是月亮？"我问她。"我以为是月惠。"她用手指捏住脖子上的月牙吊坠："月惠，月亮，是一样的。"然后她在书包里面翻找什么东西，拿出一张黄色的传单，在背面写了一个汉字：月。

"月惠，"她重复说，"月亮。"她父亲选了那个名字，因为她是登月那天出生的。

午餐持续了很久，后来是她选了一个问题问我。她克服了对显得冒犯的恐惧，问我为什么要写长崎原子弹。我对她说，用英语解释非常复杂，我有这个想法很久了。我注视着朱利奥，不知为何感到有罪恶感，最终沉默了。月惠善解人意地冲着我微笑。

开车送我们回酒店时，她放了一张巴萨诺瓦的唱片。朱利奥听过，于是用葡萄牙语哼唱起来，我们就这样驾车穿过荒凉的城市。朱利奥和我想休息一会儿，但床垫只有在晚上才会摊开，于是我们直接躺在榻榻米上。像往常一样，他几乎立刻睡着了，而我依旧沉浸在上午的激动当中。我回想着与田中的会面，还有月惠对我说的话，最终留下的是辐射。在我看来这是真的，因为死者本身就是辐射。人类的身体由数十亿原子构成，主要是氢、氧和碳，但还有所有微量元素：钾、锂、铯，甚至是铀。一旦人体化为灰尘，原子将继续存在，那些不稳定的原子散发出辐射：阿尔法、贝塔和伽马射线，中微子不受干扰地穿过物质，飞向开放的空间，持续几千年甚至上万年。所以，死者就是辐射，是的，此时此刻，我把双手放在榻榻米上，几乎能够感觉到它，来自大地的柔和脉动，死者释放出的热量。

不过，假如这是真的，我心里想，那么，辐射有没有可能保留对于过去状态的记忆？那么使用正确的仪器进行分析，是否能够还原一个人的连贯性，或者他的思想？也许那就是在其他情况下被称为"灵魂"的东西？那么，在辐射的形式下，所有逝者是否有可能仍然存在着，所有过去和现在的人，琴姑姑和瑠衣姨妈，诚和克里斯蒂安，此刻正在穿过地层，那么我呢？

我就躺在原地，想象着一架望远镜被发射到轨道上，以便从遥远的地方探测逝者的辐射。它为我们提供的地球图像将不同于我们已知的地球：并非一个死气沉沉的行星，而是某种恒星，将自身的光发射向四面八方，是那些已经不复存在的人们射出的光。在很长一段时间里，我努力想象自己也变成了透明的辐射，就在他们旁边，与逝者一起，飞越太阳系的边缘，进入正在形成的彗星的碎片之中。这种幻想令我兴奋不已，几乎要叫醒朱利奥讲给他听：逝者也是辐射，你想到过吗，你明白吗？不过，我决定还是算了。我把这个想法藏在心里，因为他肯定会依据科学提出异议。

之后，夜幕降临，我们在滨町的一家酒吧里喝着冷清酒。在那里，一个缺了几根手指的人建议给我们提供女孩，尽管我们听不懂他在说什么。直到我们用朱利奥的应用程序做了翻译，才明白了他一再重复的句子："按摩，新妻子。"

之后，还是只有我们两个，朱利奥和我，开着车前往福冈，接着再乘火车去大阪。在那里，朱利奥无论如何都想尝尝河豚刺身，但我不想，我太害怕了。我给他解释了河豚毒素中毒的机理，内脏器官如何瘫痪，以及死亡时间和相关统计。等我讲完之后,他说:"可以试试。"

之后我们上了飞机,经历漫长的飞行,又一次降落在机场,我们分开了,没有约定下次见面的时间。在那次返回欧洲的行程中,在我们共同旅程的尾声,对于月惠提出的那个简单——非常简单——的问题,我想到了答案,那个几小时之前我在饭店里没有能够给她的答案:我为每一件令我流泪的事情而创作。

致 谢

许多个人和组织为这本书的出版做出了贡献（尽管有些是在无意中）。在这里我要感谢：

《晚邮报》、芭芭拉·斯蒂芬内利、安东尼奥·特罗亚诺、维南齐奥·波斯蒂廖内、斯特凡诺·蒙特菲奥里、马尔科·卡斯特尔诺沃；

的里雅斯特国际高等研究院、"弗兰克·普拉蒂克"科学传播学硕士班、尼科·皮特雷利、安德烈·甘巴西、罗伯托·特洛塔、菲利波·乔尔吉、大卫·克雷帕迪、保罗·甘比诺；

日本原子弹及氢弹爆炸受害者组织联合会、早川出版公司、广岛市、长崎市、《朝日新闻》、田中多留见、田上月惠、小仓景子、所有在互联网上作证的原子弹爆炸幸存者、饭田良助；

伊诺第出版社（这里要感谢的人可太多了）、马拉·泰斯塔版权代理公司；

路德维希·蒙蒂、乔瓦尼·里科、弗朗西斯卡·皮兰托齐和伊娃·吉安诺蒂、洛伦佐·切科蒂、劳拉·特斯塔维德、安德烈·莫斯科尼、毛里齐奥·布莱托。

保罗·乔尔达诺

PAOLO GIORDANO
Tasmania

© 2022 Giulio Einaudi editore
This edition published in agreement with the Proprietor through MalaTesta Literary Agency, Milan.

All rights reserved
All adaptations are forbidden.

图字：09-2023-0044 号

图书在版编目（CIP）数据

塔斯马尼亚 /（意）保罗·乔尔达诺
（Paolo Giordano）著；魏怡译. -- 上海：上海译文出版社，2025.4. -- ISBN 978-7-5327-9816-2
 I. I546.45
中国国家版本馆 CIP 数据核字第 2025SU7191 号

塔斯马尼亚	PAOLO GIORDANO	出版统筹	赵武平
	［意］保罗·乔尔达诺 著	责任编辑	张 鑫
Tasmania	魏怡 译	装帧设计	张擎天

上海译文出版社有限公司出版、发行
网址：www.yiwen.com.cn
201101　上海市闵行区号景路159弄B座
安徽新华印刷股份有限公司印刷

开本 890×1240　1/32　印张 8.75　插页 5　字数 133,000
2025 年 4 月第 1 版　2025 年 4 月第 1 次印刷

ISBN 978-7-5327-9816-2
定价：72.00元

本书中文简体字专有出版权归本社独家所有，非经本社同意不得转载、摘编或复制
如有质量问题，请与承印厂质量科联系。T：0551-65859480